Philip Roth

rowohlts monographien
begründet von
Kurt Kusenberg
herausgegeben von
Uwe Naumann

Philip Roth

Dargestellt von Thomas David

Rowohlt Taschenbuch Verlag

Umschlagvorderseite: Philip Roth, 1995
Umschlagrückseite: Philip Roth, 1964
Roths Haus in Connecticut, 1973

Seite 3: Philip Roth, um 1980

Für Birte und Marie

Originalausgabe
Veröffentlicht im Rowohlt Taschenbuch Verlag,
Reinbek bei Hamburg, März 2013
Copyright © 2013 by Rowohlt Verlag GmbH,
Reinbek bei Hamburg
Umschlaggestaltung any.way, Kathrin Günther,
nach einem Entwurf von Ivar Bläsi
Redaktion Barbara Hoffmeister
Redaktionsassistenz Katrin Finkemeier
Reihentypographie Daniel Sauthoff
Layout Ingrid König
Satz Proforma *und* Foundry Sans *PostScript,*
InDesign 7.0.4
Gesamtherstellung CPI – Clausen & Bosse, Leck
Printed in Germany
ISBN 978 3 499 50578 2

INHALT

«Der Jedermann von Weequahic»	7
«Von unserem großen Wigwam auf dem Hügel»	22
«Et cetera»	29
«Goodbye, Columbus ... goodbye»	38
«Alle Wirklichkeit hat todernsten Charakter»	46
«Ach, heirate mich, Anne Frank»	55
«Aber zivilisiert zu sein, das war der Traum seines Lebens»	63
«Die Gesellschaft soll mich am Arsch lecken, du Polyp!»	73
«Was das Amerika Johnny Carsons jetzt von mir denkt»	82
«Hätten Sie Lust, die Hure kennenzulernen, die Kafka zu besuchen pflegte?»	94
«Ein Leben, das nicht meines ist»	104
«Liefern Sie sich dem aus, was wirklich ist»	116
«Du sollst nichts vergessen»	126
Anmerkungen	142
Zeittafel	148
Zeugnisse	150
Bibliographie	152
Namenregister	157
Über den Autor	160
Quellennachweis der Abbildungen	160

Philip Roth, Ende der fünfziger Jahre.
Fotografie seines Bruders Sanford Roth

«Der Jedermann von Weequahic»

Philip war der Name seines verstorbenen Großvaters, Milton hieß der 1932 im Alter von 19 Jahren verstorbene jüngere Bruder seines Vaters: Als Philip Milton Roth am 19. März 1933 im Beth Israel Hospital von Newark, New Jersey, zur Welt kam, wurde er in eine Familie hineingeboren, die nicht nur die Lebenden umschloss, sondern auch ihre Toten. Sein Vater Herman Roth, der erste in Amerika zur Welt gekommene Sohn eines Ende des 19. Jahrhunderts aus der Gegend um Lemberg in die USA ausgewanderten Rabbis, arbeitete für das Newarker Büro der Versicherungsgesellschaft Metropolitan Life; die Eltern von Roths Mutter Bess Finkel stammten aus der Nähe von Kiew. In der Summit Avenue, wohin Herman Roth 1933 mit seiner Familie zog, wurden jedoch kaum Erinnerungen an die alte Heimat wachgerufen. Die Summit Avenue lag in Weequahic, einem neubesiedelten Viertel im äußersten Südwesten der Stadt, in dem sich seit der Errichtung erschwinglicher Wohnungen zu Beginn der zwanziger Jahre vor allem aufstrebende jüdische Familien der unteren Mittelschicht niedergelassen hatten. Newark zählte mehr als 440 000 Einwohner, neben den Nachfahren italienischer Einwanderer stellten die Juden mit etwa 65 000 Einwohnern den größten ethnischen Bevölkerungsanteil der Stadt: Weequahic schien 1933 so unberührt wie eine frischgeprägte Münze, so verheißungsvoll wie die Präsidentschaft des Anfang März in sein Amt eingeführten Franklin D. Roosevelt und dessen Reformpolitik des «New Deal». Als Hinterland ohne Vergangenheit hatte das Viertel den seit Beginn der Wirtschaftskrise zunehmend verslumten «Third Ward» als vornehmlichen Wohnbezirk der Juden von Newark abgelöst.

Weequahic war Amerika: Wie alle Angehörigen der zweiten und dritten Einwanderergeneration, die sich hier niedergelassen hatten, strebte in Weequahic auch Herman Roths Familie nach der vollständigen Assimilation des amerikanischen Lebens, nach der Verwirklichung des durch keinerlei ferne Traditionen mehr beeinträchtigten Anspruchs auf eine ungebundene amerikanisch-jüdische Identität. *Ich bin in einem jüdischen Viertel groß geworden und habe nie ein Scheitelkäppchen, einen Bart, Stirnlocken gesehen*, so Philip Roth über das Weequahic seiner Kindheit und das allgemeine Selbstverständnis der progressiven Bewohner dieses Außenbezirks. *Die Aufgabe bestand darin, hier zu leben, nicht dort. Es gab kein dort. [...] Für die Juden war dies Zion.*[1] Väter, die selbst noch in orthodoxen Elternhäusern aufgewachsen waren und für die es *darüber, daß man Jude war*, nicht mehr zu sagen gab *als darüber, daß man zwei Arme und zwei Beine hatte*,[2] besuchten *die nahegelegene Synagoge nur an den hohen Feiertagen und, wenn es nötig war, als Trauergast*[3]; das Erbe der jiddischen Sprache, ebenso wie die Rituale des religiösen Alltags, hatte auch in Herman Roths Familie an Bedeutung verloren und wurde nicht mehr an die Kinder weitergereicht: *Wenn Jiddisch gesprochen wurde*, so Philip Roth 1966 in einem Interview, *wurde es nicht gesprochen, damit ich etwas verstand, sondern damit ich etwas n i c h t verstand. Jiddisch war die Geheimsprache, die Sprache der Überraschung und des Ärgers.*[4] Jiddisch war die Sprache der kollektiven Erinnerung an die präamerikanische Existenz: an die polnischen und russischen Pogrome, an eine Verelendung und Hoffnungslosigkeit, die vor allem in den Jahren der Depression auch im Haushalt von Herman und Bess Roth unaussprechlich war.

Philip Roths Eltern trugen Sorge, dass er und sein älterer, 1927 geborener Bruder Sanford in einer intakten Familie und unbeschwert aufwuchsen: Das Bild, das Roth in *Tatsachen*, seiner 1988 erschienenen Autobiographie, von seiner Kindheit zeichnet, ist das einer *intensiv behüteten und beschützten* Zeit mit Weequahic als einem so *friedlichen Zufluchtsort [...], wie es für einen Farmersjungen in Indiana seine ländliche Gemeinde gewesen wäre.*[5] Bess Roth – *eine jener hingebungsvollen Töchter jüdischer Einwanderer, die die Führung eines Haushalts in Amerika zu einer großen Kunst erhoben hatten* – war das starke Rückgrat der Familie: eine warmherzige und in ihrem Alltag selbstbewusste Frau, die sich in der von ihrem älteren Sohn besuchten Grundschule an der Chancellor Avenue, in deren Kindergarten im Januar 1938 auch Philip Roth aufgenommen wurde, als Mitarbeiterin des Lehrer-Eltern-Verbandes und schließlich als dessen Vorsitzende für moderne Erziehungsmethoden ein-

Die Familie Roth im Juli 1933

setzte. Herman Roths *Überlebenskunst, Überlebensdrang, Überlebenskraft*[6], ein vom «New Deal» und von der *Heiligkeit von F. D. R. und der Demokratischen Partei* angeheizter Optimismus, waren der Motor, der sie alle unbeirrt der Zukunft entgegentrieb. Seine ausgeprägten Familieninstinkte, seine Liebe zu Newark und Weequahic gab er weiter an seinen jüngeren Sohn. Die Einflüsse, die von außen auf das amerikanische Idyll einwirkten, als welches Philip Roth seine Kindheit empfand, trugen zur Stärkung der ohnehin

> Mein Großvater Roth hatte in Polnisch-Galizien Talmud studiert, um Rabbi zu werden, in einer Kleinstadt unweit von Lemberg, doch als er 1897 allein in Amerika ankam, ohne Frau und seine drei Söhne [...], suchte er sich eine Arbeit in einer Hutfabrik, um das Geld für die Überfahrt seiner Familie zu verdienen, und dort arbeitete er wohl fast den größten Teil seines Lebens.
>
> Mein Leben als Sohn, S. 23

festen Familienbande ebenso bei wie die Furcht vor Entwurzelung und Isolation, die in der Generation seiner Eltern von einer heimlichen Allgegenwart war und, bewusst oder intuitiv, die Mitglieder der Familie miteinander verschwor.

Im eigenen Land, so Philip Roth in seiner Autobiographie, *kam die schwerste Bedrohung von den Amerikanern, die uns ablehnten oder uns Steine in den Weg legten – oder uns herablassend behandelten oder uns rigoros ausschlossen –, weil wir Juden waren.*[7] Bereits in den Jahren nach dem Ersten Weltkrieg hatte die Fremdenfeindlichkeit unter amerikanischen Einwanderungsgegnern einen vorläufigen Höhepunkt erreicht[8] und 1921 zur Einführung des «Emergency Quota Act» beigetragen, einer Quotenregelung, die vor allem die Zuwanderung aus den armen Ländern Süd- und Osteuropas stark eindämmte. Die durch die Wirtschaftskrise bedingte Massenarbeitslosigkeit leistete der fremdenfeindlichen und antisemitischen Propaganda, die in den zwanziger Jahren im Automobilkönig Henry Ford einen ihrer populärsten Wortführer gehabt hatte, abermals Vorschub. Zwar konnten sich die säkularisierten Juden von Weequahic im Klima der ethnischen Homogenität des Viertels gegenseitig in ihrem Glauben bestärken, dass die Demokratie, der sie sich verbunden fühlten, *die einzige Nation für Juden war*[9]: Doch jenseits der Grenzen schutzbietender Sanktuarien wie Weequahic waren antijüdische Ressentiments nach wie vor gesellschaftsfähig und Diskriminierungen an der Tagesordnung. Mehr als einhundert antisemitische Organisationen[10] propagierten in den Dreißigern gegen die auch von angesehenen Schriftstellern wie Henry Louis Mencken als «unerfreulichste Rasse»[11] verunglimpften Juden. Der katholische Pater Charles E. Coughlin, Gründer der faschisierten «National Union for Social Justice» und einer der prominentesten und einflussreichsten Populisten der USA, erreichte mit seiner sonntäglichen Radiosendung, in der er sich einer scharfen antisemitischen Rhetorik bediente, wenigstens zehn Millionen Hörer. Ziel seiner Atta-

Präsident Franklin D. Roosevelt im März 1933 kurz vor dem ersten seiner vom Radio übertragenen «Kamingespräche», in denen er der amerikanischen Bevölkerung bis 1944 die wichtigsten Maßnahmen seiner Politik nahebrachte

cken waren unter anderem Präsident Roosevelt und dessen angeblich vom Kommunismus infiltrierter «Jew Deal». Zahlreiche Universitäten praktizierten weiterhin die in den zwanziger Jahren eingeführten Zulassungsbeschränkungen für jüdische Studenten. Angesehene Unternehmen wie die Metropolitan Life, für die Philip Roths Vater anfangs als Versicherungsvertreter von Tür zu Tür zog und *bei den Ärmsten der Armen Newarks Pennies eintrieb*[12], übten sich stillschweigend in einer diskriminierenden Beschäftigungspolitik, die allenfalls *ein paar Renommierjuden* erlaubte, *in auch nur einigermaßen annähernd wichtige Positionen*[13] aufzusteigen. In Newark – seinem Newark, das Herman Roth wie die eigene Westentasche kannte, seit er täglich bis lange nach Einbruch der Dunkelheit bei den schwarzen Familien die sogenannten Farbigenschulden[14] kassierte – lieferten sich die «Nazis» der Stadt und ihre Gegner zwischen 1933 und 1941 erbitterte Kämpfe.

Newark, so Warren Grover in seinem Buch «Nazis in Newark», lag bereits wenige Monate nach Hitlers Machtantritt im Faden-

Massenveranstaltung des nationalsozialistischen «German-American Bund» im Madison Square Garden in New York, Februar 1939

kreuz der vom «Stellvertreter des Führers» Rudolf Heß autorisierten «Friends of the New Germany». Newarks Außenstelle der 1936 in «German-American Bund» umbenannten Organisation, die in verschiedenen Städten mit hohem deutschstämmigen Bevölkerungsanteil nationalsozialistische Propaganda verbreitete und die feste amerikanische Demokratie zu schwächen versuchte, war mit etwa einhundert Mitgliedern und mehreren tausend Sympathisanten[15] im Jahr ihrer Gründung eine der aktivsten der USA. Nicht zuletzt deshalb rief sie tatkräftigen Widerstand vor allem von jüdischen Gruppierungen und Verbänden wie etwa den «Jewish War Veterans» hervor. Mit Hakenkreuzen versehene Ankündigungen wurden in den von deutschen Immigranten bewohnten Gegenden Newarks verteilt. Auf den Kundgebungen der «Friends of the New Germany», die überwiegend in der am Rande des «Third Ward» gelegenen «Schwabenhalle» stattfanden oder in einem bald als «Hitler Park»[16] bezeichneten Versammlungsort in dem an Weequahic grenzenden Vorort Irvington, trugen einige der zumeist deutschstämmigen Teilnehmer Nazi-Uniformen und leisteten den «Deutschen Gruß». Zum ersten größeren Zusammenprall mit Newarks Nazi-Gegnern kam es im Oktober 1933, als eine von Hans Spanknoebel besuchte Kundgebung in der «Schwabenhalle», bei der etwa achthundert Anhänger dieses als «American Führer» bekannten Gründers der «Friends of the New Germany» anwesend waren, von einer Bande «Third Ward»-Juden gestört wurde. An den Ausschreitungen, über die am nächsten Tag auch überregionale Zeitungen wie die «New York Times» oder der jüdische «Forward» berichteten, beteiligten sich ungefähr 200 Nazi-Gegner. Drahtzieher des Angriffs auf die «Friends» und bis Ende der dreißiger Jahre einer ihrer stärksten Opponenten war der Newarker Gangsterboss Abner «Longie» Zwillman, einer der prominentesten Juden der Stadt, der 1934 in Newark die «Minutemen»[17] organisierte, eine Gruppe von Boxern aus dem Milieu des «Third Ward», die die gewalttätige Konfrontation mit den Nazis und anderen Ansammlungen nicht scheute und sich erst bei Amerikas Eintritt in den Zweiten Weltkrieg auflöste. Zwillmans Verbindungen reichten bis in die oberen Ränge von Polizei und Politik; für Teile der Bevölkerung war seine Karriere von einer ähnlichen Faszination wie die Geschicke der Newark Bears in der Baseball-Liga. In der Sphäre des Augenblicks gehörte Zwillman zum lebendigen Mythos der Stadt: so wie die Bears und die Champions der Boxarena, deren Heldentaten auch Philip Roths Vater aufmerksam verfolgte; so wie der aufsehenerregende Mord an dem New Yorker Gangster Dutch Schultz in der Palace Bar oder im Januar 1936 Präsident Roosevelts Stippvisite in Newark, die gerade für diejenigen von besonderer Bedeutung war, denen allmählich bewusst wurde, dass ihre vom unaufhaltsamen Abschwung bedrohte Stadt – so der 1917 in Newark geborene Literaturkritiker Leslie A. Fiedler – «für die Phantasie überhaupt nicht existierte», weil sich die «Geschichte, über die die Stadt verfügte, abgespielt hatte, bevor unsere Eltern oder Großeltern ein Teil von ihr waren [...]»[18]. In der Summit Avenue in Weequahic, in der Fünfzimmerwohnung im ersten Stock, in der Herman Roth mit seiner Familie bis 1942 lebte, war der Name Robert Treats, des Gründungsvaters von Newark, von ähnlich geringem Wert wie die billigen Souvenirs, die dessen Konterfei zierte. So wie Philip

81 Summit Avenue. Die Familie Roth bewohnte bis 1942 das Apartment im ersten Stock.

Roth in der Summit Avenue ohne Erinnerungen an eine osteuropäische Vergangenheit aufwuchs, waren auch die Wurzeln, die ihn als Herman Roths Sohn mit den USA verbanden, *zwar kräftig, doch nur wenige Zentimeter lang*[19]: Die einzige Geschichte, die er als Amerikaner ohne angestammtes Heimatland für sich in Anspruch nehmen konnte, war die Geschichte jenes Amerikas, das er selbst entdeckte und schließlich neu für sich erfand.

Das Haus in der auf dem Gipfel einer Anhöhe verlaufenden Summit Avenue lag nur wenige Blocks entfernt von dem Krankenhaus, in dem Philip Roth zur Welt gekommen war, einen Block neben der Chancellor Avenue School, die er bis Januar 1946 besuchte. Die Topographie von Roths Kindheit war ein nahezu horizontloser Raum. *Ich trat aus der Tür meines Hauses und war innerhalb von zwei Minuten in der Schule bei meinen Freunden*, so Roth 1991 im Gespräch mit der «New York Times». *Ich ging zum Mittagessen nach Hause. Ich lief wieder zurück. Nach der Schule kam ich nach Hause und spielte Ball.*[20] Weite und Ungebundenheit, das Gefühl, *mit einer geographischen Unermeßlichkeit in Berührung zu kommen*[21], erlebte er in seiner Kindheit einzig bei den seltenen Ausflügen zum Newarker

Hafen oder während der wenigen Sommerwochen, die seine Familie alljährlich in Bradley Beach verbrachte, einem kleinen, bei Juden der unteren Mittelschicht beliebten Ferienort an der Küste von New Jersey. Manhattan – die Radio City Music Hall und Chinatown –, wohin Herman und Bess Roth ihre beiden Söhne zweimal im Jahr ausführten, nur wenige Bahnminuten entfernt am anderen Ufer des Hudson River, schien Philip Roth so abgelegen wie ein fremder Kontinent, so fern wie die Stadtviertel von Newark, in denen die Gojem wohnten. Das Haus und die Familie, die Straße, die Schule, die jüdische Nachbarschaft, die ganze einzigartige Größe Amerikas lag für ihn in den engen Lebensringen, denen er in seiner Kindheit in Weequahic die Treue schwor. *Das geheiligte Herz meines unversehrten Heimatlandes*, so Roth in *Tatsachen*, das Terrain, auf dem er und seine Freunde ihre *makellose Glaubwürdigkeit als American Kids bestätigten*, war der rasenlose Sportplatz an der Chancellor Avenue.

Sanford und Philip Roth, Bradley Beach, Sommer 1940

| Patriotismus

Roth war draußen beim Ballspiel, als er am 7. Dezember 1941 vom Angriff der japanischen Luftwaffe auf Pearl Harbor hörte; er spielte Baseball, als er im April 1945 vom Tod Roosevelts und im August vom Abwurf der Atombombe auf Hiroshima erfuhr: Baseball – *das authentischste amerikanische Phänomen, das sich bot* – wurde für Roth zum Medium politischer Gegenwart.[22] Baseball, so Roth in seinem autobiographischen Essay *Meine Baseball-Jahre*, habe ihn begreifen lassen, *was es mit dem Patriotismus im besten Sinne auf sich hatte*[23]. Es war ihm *eine Art weltlicher Kirche*, deren Lehren ihm ungleich mehr bedeuteten als die jüdische Erziehung, die er – *meinen Großeltern zuliebe*[24] – bis zu seiner Bar Mitzwah in der Hebräisch-Schule der Schley Street Synagogue über sich ergehen ließ. Im Alter von neun bis dreizehn Jahren, in der Zeit zwischen dem Umzug der Familie in die von der Summit Avenue nur zwei Straßen entfernte Leslie Street und seinem Eintritt in die Highschool, fühlte Roth sich auf dem Spielfeld in seinem Viertel und auf den Tribünenplätzen im Stadion der Newark Bears als Mitglied einer Gemeinschaft, *die bis in jede Klasse und Region der Nation reichte und Millionen und Abermillionen von uns durch gemeinsame Interessen, Loyalitäten, Rituale, Enthusiasmen und Feindschaften miteinander verband*[25]. Die Mystik dieses Spiels, die auch in den von Roth geschätzten Sportromanen von John R. Turris auflebte, die Ästhetik des Spiels und seine Atmosphäre, *die Zauberkraft des Fanghandschuhs*, verschaffte Roth erstmals Zugang

Die Market Street im Stadtzentrum von Newark, Herbst 1941

zur amerikanischen Kultur und weckte in ihm eine Leidenschaft, die im Kern bereits die obsessive Liebe in sich barg, die sein späteres Verhältnis zur Literatur kennzeichnet. Gemeinsam mit dem imponierenden Schauspiel über das Leben, über Freiheit und das Streben nach Glück, von dem sein Vater Zeugnis ablegte, wenn er abends von der Arbeit heimkehrte, bildete der Baseball die Matrix von Philip Roths schriftstellerischer Phantasie.

Herman Roths Patriotismus, die kritiklose Bewunderung, die er für Präsident Roosevelt hegte und als Ausdruck moralischer Rechtschaffenheit an seine Söhne weitergab, war aufs engste mit seiner Loyalität gegenüber der Metropolitan Life verknüpft, die

ihn nach seinem ersten Jahr im Außendienst mit einer Reproduktion der Unabhängigkeitserklärung ausgezeichnet hatte und der er bis zu seiner Pensionierung die Treue hielt.[26] Als Vertreter der *größten Finanzsituation der Welt*, so der Vater voller Stolz, war er anfangs für etwa ein Fünftel der Stadt zuständig gewesen; als Zweiter Manager eines Distriktbüros im Zentrum von Newark machte er bis Mitte der vierziger Jahre Bekanntschaft *mit nahezu jeder jüdischen Familie in der Stadt.*[27] Herman Roths Erinnerungen, ein unerschöpfliches Repertoire von immer tiefer dringenden Geschichten und immer weitere Kreise ziehenden Alltagsbeobachtungen, mit denen er seine Biographie und die seiner Familie in der Historie Newarks zu verankern suchte, verlieh ihm in den Augen seiner Söhne das Flair eines *Lokalreporters. Er trug Newark jeden Abend in unser Haus*, so Philip Roth über seinen Vater, der schließlich auch die offiziellen Vertreter der Stadt kennenlernte, *die Politiker, die Polizisten, die Feuerwehrleute*, wenn er ihnen im Auftrag von Metropolitan Life Versicherungen verkaufte.[28] *Er trug [Newark] an seinen Kleidern, an seinen Schuhen – buchstäblich an seinen Schuhen. Er trug es zusammen mit seinen Anekdoten nach Hause*, so Philip Roth. *Er war mein Bote hinaus in die Stadt.*[29] Als wacher Augenzeuge mit einem zwanghaften Bedürfnis, *Erfahrung in Sprache zu verwandeln*[30], als *Barde von Newark*[31], in dessen Erzählungen die Stadt und das Leben ihrer Bewohner pulsierte, verkörperte Herman Roth den Archetypus jenes Schriftstellers, der sich in der Biographie seines jüngeren Sohnes bereits den Weg bahnte.

Der bis ins Jahr 1938 andauernde «New Deal» hatte den Kapitalismus unbeschadet aus der Wirtschaftskrise hervorgehen lassen, allerdings ohne diese zu überwinden. Die Zahl der Arbeitslosen, die im Zuge von Roosevelts interventionistischen Reformprogrammen lediglich von 13 auf 9 Millionen gesunken war, verringerte sich entscheidend erst mit Beginn des Zweiten Weltkriegs, als die Rüstungsindustrie auch in Newark boomte und der Stadt eine Hochkonjunktur bescherte. Als militärischer Verkehrsknotenpunkt von großer strategischer Bedeutung verschiffte Port Newark zwischen 1942 und 1945 rund 13 Millionen Tonnen Fracht vor allem an die europäischen Kriegsschauplätze, darunter mehr als 40 000 Flugzeuge.[32] Die Kolonnen der Jagdflugzeuge, die in den 1928 in Betrieb genommenen Flughafen einflogen – im Süden der Stadt, nur wenige Meilen östlich der Wohngegenden von Weequahic –, verstärkten den Lärm des Krieges bis in die Straßen von Newark hinein, wo die Rationierungen von Lebensmitteln und Treibstoff und die zeitweiligen nächtlichen Verdunkelungen, die Patrouillen der Luftschutzwarte und die Sammlungen von Papier und Blechdosen, an denen sich auch Philip Roth beteiligte, dem Krieg ohnehin eine unübersehbare Präsenz verliehen. Der Krieg und Roosevelts Propaganda trugen dazu bei, aus ihm und seinen *Altersgenossen die vermutlich patriotischste Generation von Schulkindern der amerikanischen Geschichte*[33] zu machen. Als er Anfang 1946 in die Weequahic High School aufgenommen wurde, war Philip Roth ein in seinen Überzeugungen gefestigter und in seiner Moral gegen jegliche Selbstzweifel erhabener Demokrat und Amerikaner.

Vom zwölften Lebensjahr, als ich zur Highschool kam, bis zum sechzehnten, als ich sie wieder verließ, war ich im großen und ganzen ein guter, verantwortungsbewußter, artiger Junge […]. Philip Roth unternahm als Heranwachsender wenig, um *das Gleichgewicht jener Kräfte zu stören, die es unserer Familie erlaubt hatten, so weit zu*

Roths Abschlussklasse an der Grundschule in der Chancellor Avenue, 1946. Roth (hintere Reihe, 4. v. r.) besuchte die Schule seit 1938.

kommen und so gut zu funktionieren, wie sie es nun einmal tat.[34] Die allmähliche Gefährdung dieser Balance konnte Roth dennoch nicht abwenden, sie entwickelte ihre Dynamik aus den gegenläufigen Faktoren, die nach seinem Wechsel von der Grundschule an die Highschool auf das Verhältnis zu seinem Vater einzuwirken begannen und es schließlich auch ohne die Rebellion des Heranwachsenden gegen die elterliche Autorität auf die Probe stellten.

Für meine ganze Generation, so Roth 1991, *war es immer klar, dass wir durch die Schule die Gebete unserer Eltern erhörten.*[35] Philip Roths Vater hatte für ihn und seinen Bruder eine erstklassige Schulbildung vorgesehen und einen anschließenden Collegebesuch, doch Mitte der vierziger Jahre, als Sanford bereits die Weequahic High besuchte, verdiente Herman Roth bei der Metropolitan Life nicht genug, um seinen Söhnen ein Universitätsstudium zu ermöglichen. Aufgrund der Voreingenommenheit gegen Juden und andere Minderheiten, denen erst der «Civil Rights Act» von 1964 Chancengleichheit zusicherte, machte er sich wenig Hoffnung auf eine weitere Beförderung. Ermutigt vom kriegsbedingten Aufschwung, investierte er seine Ersparnisse in eine Tiefkühlkostfirma; er lieh sich Geld von Verwandten und war nach Feierabend *und am Wochenende ohne Lohn mit dem Tiefkühllastwagen unterwegs, um das Geschäft mit der Tiefkühlkost in Jersey und im östlichen Pennsylvania in Gang zu bringen*[36]. Herman Roth verstrickte sich in die besten Absichten: Die baldige Pleite des Unternehmens, das mühsame Abtragen des Schuldenbergs, der noch zu Beginn der fünfziger Jahre auf ihm lastete, erforderte den Einsatz und die Ausdauer all seiner Kräfte und führte ihn seinem jüngeren Sohn in aller Blöße, mit all seinen Stärken und Schwächen, mit allen in der Krise deutlich zutage tretenden Wesenszügen und seiner ganzen verzweifelten Menschlichkeit vor Augen. Herman Roth erschien seinem Sohn in diesen Jahren wie eine *ebenso rührende wie heroische Gestalt, eine Mischung*, so Philip Roth später, *aus Kapitän Ahab und Willy Loman*.[37] Der finanzielle Absturz ereignete sich etwa zu der Zeit, als Roth in die Highschool eintrat. Der Bewunderung und dem Mitgefühl, das den Sohn nun mit neuer und stärkerer Kraft an den Vater band und ein Grund für das rücksichtsvolle Verhalten des Heranwachsenden gewesen sein mag, wie Philip Roth selbst vermutete, wirkte andererseits die beginnende Entfremdung entgegen: Der innere

Konflikt, den die disparaten Bewegungen in Roths Beziehung zu seinem Vater auslösten, die gleichzeitige Annäherung und Distanzierung, markiert einen der Schlüsselmomente in seiner Biographie. Philip Roth trat etwa im gleichen Alter in die Highschool ein, in dem sein Vater *endgültig aus der Schule ausgeschieden war, um den Lebensunterhalt für die eingewanderten Eltern und all ihre Kinder bestreiten zu helfen*[38]. Ausgerechnet im Augenblick der schweren finanziellen Belastung, die Herman Roth Mitte der vierziger Jahre niederzuzwingen drohte, eröffnete sich seinem jüngeren Sohn ein neuer geistiger Horizont, und Philip Roth trat aus dem Schatten seines Vaters hinaus.

«Von unserem großen Wigwam auf dem Hügel»

Das komplexe Verhältnis zwischen Vätern und Söhnen, die universale Erfahrung der nicht selten schmerzhaften Entfremdung von den Eltern, die Roth in *Tatsachen* und *Mein Leben als Sohn* aus der Distanz von mehreren Jahrzehnten autobiographisch beleuchtet, findet als unterschiedlich gewichtetes Motiv in zahlreiche seiner fiktionalen Werke Eingang. In *Goodbye, Columbus*, der Titelgeschichte von Roths erstem Buch, schwelt der Konflikt nahezu unmerklich an den äußeren Rändern der Erzählung: Der dreiundzwanzigjährige Protagonist Neil Klugman lebt getrennt von seinen Eltern; seine Unabhängigkeit kontrastiert den geregelten, doch längst von leisen zerstörerischen Disharmonien durchdrungenen Zusammenhalt der Familie seiner Freundin Brenda, dem diese sich am Ende ihrer Affäre wieder unterordnet. In *Anderer Leute Sorgen*, seinem 1962 erschienenen Debütroman, treibt Roth die Hauptfiguren Gabe Wallach und Paul Herz in ein weitgespanntes Netz sozialer Abhängigkeiten; die komplizierte Auseinandersetzung dieser beiden Söhne mit ihren Vätern wird zu einem der schwerwiegendsten Bruchstücke jenes «Trauerspiels im Weltganzen»[39], zu dem Roths Roman schließlich aufläuft. Dr. Wallachs verzweifelter Versuch, seinen erwachsenen Sohn an sich zu binden, Gabes Überlegenheits- und Schuldgefühle angesichts der peinigenden Schwäche seines Vaters haben ihren Ursprung in der Sogkraft des elementarsten aller von Roth in seinem Werk dargestellten Abhängigkeitsverhältnisse. Ähnlich wie Gabe Wallach in *Anderer Leute Sorgen*, so erlebt in dem beinahe vierzig Jahre später veröffentlichten Roman *Der menschliche Makel* auch der junge Coleman Silk seinen Vater als eines der *Bollwerke* des Lebens, das einerseits Schutz gewährt *vor der großen amerikanischen Bedrohung* und andererseits der selbständigen Entwicklung des Sohnes im Wege steht. Ähnlich wie für Paul Herz, so ist auch für Silk das elterliche Zuhause *das Ur des Wir*, der innerste Kreis aller einvernehmenden sozialen Bindungen, den es zu durchbrechen gilt, um das eigene *leidenschaftliche Streben nach Einzigartigkeit* voranzutreiben: das Streben nach dem *reinen Ich*[40], nach jener *Lässigkeit* und *Selbstsicherheit* des *center fielder*[41] beim Baseball, die sich zuvor schon der Erzähler von *Portnoys Beschwerden* für sein von Scham- und Schuldgefühlen, von der erstickenden elterlichen Moral entmutigtes Leben erträumt. Das freie und tapfere Streben nach *jenem totalen Waisentum, das man Erwachsensein nennt*, wie es 1998 in *Mein Mann, der Kommunist* heißt, dem zweiten Band von Roths Amerikanischer Trilogie, in dem sich der Schriftsteller Nathan Zuckerman erinnert, wie der durch dieses kompromisslose Streben hervorgerufene Schmerz zum ersten Mal tief in sein Leben griff, als er im Alter von 16 Jahren von der *Freiheit Gebrauch machte* und die Obhut seines wehrlosen, der Liebe zu ihm schutzlos ausgelieferten Vaters verließ, weil es nichts mehr gab, das dieser ihm beibringen konnte.[42] *Alle Söhne. Alle Söhne verlassen ihre Väter:*[43] Das in *Anderer Leute Sorgen* von Dr. Wallach heraufbeschworene Lamento klingt in der Klage von Nathan Zuckermans Vater – 36 Jahre später, in *Mein Mann, der Kommunist* – noch immer nach. *Wir haben Nathan verloren, als er sechzehn war. Mit sechzehn hat er uns verlassen*[44], so der in den Slums von Newark aufgewachsene Fußpfleger Victor Zuckerman über seinen erwachsenen Sohn, dessen Schicksal mit dem seines Vaters dennoch ein Leben lang unlösbar verbunden bleibt und der später in seinen Romanen – *Ich weiß, er schreibt über Väter und Söhne*[45], wie es in *Amerikanisches Idyll* heißt – einen ganz ähnlichen Prozess der Selbstemanzipation zu beschreiben scheint wie Philip Roth in seinem von der prägenden Auseinandersetzung mit der patriarchalischen Ordnung stark beeinflussten Werk.

Mit sechzehn hat er uns verlassen: Anders jedoch als der junge Nathan Zuckerman, der sich in *Mein Mann, der Kommunist* zum gelehrigen Protegé des charismatischen Radiostars Ira Ringold macht, brauchte Philip Roth keinen Ersatzvater, um Herman

> [Mein Vater] konnte niemals verstehen, daß eine Fähigkeit zu Verzicht und eiserner Selbstdisziplin, wie er sie selbst besaß, etwas Außerordentliches war und kein Talent, das allen mitgegeben war. Er stellte sich vor, wenn ein Mann mit all seinen Benachteiligungen und Beschränktheiten so etwas in sich hatte, dann müßte es bei allen so sein. Alles, was dazu nötig war, war Willenskraft – als wüchse Willenskraft auf Bäumen.
>
> Mein Leben als Sohn, S. 67

Roths Einfluss auf seine Entwicklung zu entkräften und sich aus der tiefen Verankerung in seinem Elternhaus zu befreien. Im Gegensatz zu Coleman Silk wurde Roth nicht durch den frühen Tod des Vaters in die Unabhängigkeit entlassen oder wie andererseits Paul Herz nach dem fehlgeschlagenen Experiment eines selbstbestimmten Lebens samt seiner Schuldgefühle in den Schoß der Familie zurückgedrängt. Während Gabe Wallach in *Anderer Leute Sorgen* unter der lähmenden Last der väterlichen Liebe ein leidenschaftsloses und unentschlossenes Dasein führt, wuchs in Philip Roth zwischen 1946 und 1950, als er mit 16 Jahren die Weequahic High School verließ, eine Tatkraft und intellektuelle Neugier heran, die ihn schließlich aus dem Gesichtskreis seines Vaters und über die engen Grenzen von Weequahic und Newark hinaus in die größere Welt eines anderen, ihm unbekannten Amerikas katapultierte. Der Schmerz, der diese Entwicklung begleitete und dessen Erfahrung auf unterschiedliche Weise in Roths Romane eingeflossen ist, entsprang dabei weniger der Notwendigkeit, den von seinen Eltern idealisierten Familienbund zu lösen, als vielmehr der Erkenntnis, dass sein von Liebe und Stolz erfüllter Vater ihn auf dem Weg in die Selbständigkeit nicht begleiten konnte. *Indem [unsere Väter] uns ermutigten, so klug zu sein und zu solch guten yeshiva buchers heranzuwachsen,* schrieb er später, *waren sie sich kaum bewußt, daß sie uns auf diese Weise dafür wappneten, sie angesichts all unseres wortgewaltigen Geplappers isoliert und verständnislos zurückzulassen.* Eine *geistige Kluft*, so Roth in *Mein Leben als Sohn*, hatte sich seit seinem Eintritt in die Highschool zwischen ihm und seinem Vater aufgetan.[46]

Ähnlich, wie Herman Roths Lebensbild nahezu ungebrochen den Assimilationsprozess widerspiegelt, der seine Generation von Nachkommen jüdischer Einwanderer bewegte, entfaltete sich auch die Biographie seines jüngeren Sohnes nach Gesetzmäßigkeiten, die über Philip Roths individuelle Erfahrung hinaus ganzen Jahrgängen amerikanischer Juden ein unverwechselbares Profil verliehen. «Seit zweitausend Jahren sind die Energien jüdischer Gemeinschaften in verschiedenen Teilen der Welt hauptsächlich in die Massenproduktion von Intellektuellen geflossen»[47], so der Kunstkritiker Harold Rosenberg, der wie Philip Rahv und Meyer Schapiro in den dreißiger Jahren zur Gründergeneration der später als «New York Intellectuals» bezeichneten Gruppe jüdischer Kritiker und Journalisten gehörte: der «ersten dem Immigranten-Milieu entstammenden Generation von jüdischen Schriftstellern», wie der Literaturkritiker Irving Howe feststellte, «die sich nicht vor allem über eine Beziehung zu den Erinnerungen an ein Judentum definierten» und stattdessen versuchten, sich einzig «durch die Strenge ihres Willens zu erklären; sich von der unmittelbaren Vergangenheit loszusagen», so Howe, «und autonome Männer des Geistes zu werden»[48]. Das Bildungsideal, das dieser Anstrengung zugrunde liegt, und das Leistungsethos, das auch Philip Roths Denken seit dem Eintritt in die Highschool auszeichnete, sind dabei nicht allein auf den persönlichen Ehrgeiz oder das assimilatorische und angesichts antisemitischer Diskriminierungen beinahe unvermeidliche Streben nach einer erfolgreichen Integration in die amerikanische Gesellschaft zurückzuführen. Zwar galt das Interesse der meisten assimilierten, an den Werten der amerikanischen Gesamtkultur orientierten Juden inzwischen weniger dem Studium von Talmud und Tora, doch die zentrale Bedeutung, die das Judentum als Schriftreligion der Lehre und dem Studium beimisst, blieb für viele wesentlicher Bestandteil ihres Selbstverständnisses und erlebte im amerikanischen Kontext eine neue und üblicherweise säkulare Ausrichtung. Die zu etwa 95 Prozent von jüdischen Schülern besuchte Weequahic High School etablierte sich zwischen 1933 und 1951 – unter ihrem ersten Rektor, dem angesehenen Pädagogen und langjährigen Literaturkritiker der «Newark News» Max J. Herzberg – als eine der besten staatlichen Schulen von ganz New Jersey.

Aus dieser Schule, so Philip Roth, *strömten Ärzte und Anwälte und Psychoanalytiker und Anlageberater und erfolgreiche Geschäftsleute.* Neben der ehrwürdigen, in der Innenstadt gelegenen Newark Public Library, deren architektonische Grandeur ihm ebenso imponierte wie der disziplinierende Einfluss, den er in den stillen Räumen der Bibliothek verspürte, wurde die 1932 an der Chancellor Avenue errichtete Weequahic High für Roth zum zentralen Schauplatz *des heftigen Gefechts mit allem, was die neue Gesellschaft zu bieten hatte*, und löste als symbolischer Ort der Identifikation mit Amerika allmählich auch das Sportfeld ab.[49] Im Gegensatz zu seinen ausgelassenen «Baseball-Jahren» erinnerte Roth die Jahre an der

Die Weequahic High School, die Roth von 1946 bis 1950 besuchte

Highschool jedoch als *eine Periode mehr oder weniger gebremster Lebendigkeit*. Das Pflichtbewusstsein und die Loyalität, die er gegenüber seinem von der Schuldenlast beschwerten Vater empfand, bestimmten schließlich nicht nur zu Hause in der Leslie Street das kontrollierte Verhalten des Heranwachsenden, sondern zum Teil auch im Klassenzimmer: *Statt also ein widerspenstiger, unzufriedener, randalierender Rebell zu werden*, so Roth, *saß ich fügsam meine Zeit in der Schule ab, die schließlich nur eine Institution niedrigster Sicherheitsstufe war, und genoß den Spielraum und die Privilegien, die allen Insassen zukamen, die ihren Wächtern keine Schwierigkeiten bereiteten.*[50]

Roth war «ein stiller Junge, intelligent, doch unscheinbar», wie sich nach der Veröffentlichung von *Portnoys Beschwerden* einige seiner Lehrer erinnerten, darunter auch Hannah Litzky, eine Tante des aus Newark stammenden Lyrikers Allen Ginsberg, die an der Weequahic High Englisch unterrichtete. Er «ließ durch nichts einen bedeutenden Schriftsteller erkennen, der Material für zukünftige Romane absorbierte». Roth schloss die Highschool als einer der Besten ab. Sein Klassenlehrer Benjamin Epstein erlebte ihn als «beliebten, gut angezogenen, gepflegten jungen Mann, der immer einen witzigen Spruch parat hatte»[51]. So zutreffend all diese Charakterisierungen sein mögen, sie bleiben eindimensional. Ähnlich wie die Newark Public Library, die Roth 1969 in der

«New York Times» als *eine Art anspruchsvoller Hafen* bezeichnete, *zu dem die Kinder und Jugendlichen der Stadt bereitwillig kamen, um Lektionen in Zurückhaltung und Selbstbeherrschung zu absolvieren*[52], scheint er auch die Weequahic High und die ihm auferlegte schulische Ordnung als nützliches Instrument der bewussten Zügelung eines Temperaments begriffen zu haben, das sich schon früh als äußerst wach und impulsiv und unabhängig erwies, dem er vorerst aber nur nach der Schule in seiner Clique freien Lauf ließ: Die Vitalität dieser ungehemmten und von den Jugendlichen zumeist auf den Polstern geparkter Autos oder bei Syd's, einem beliebten Treffpunkt an der Chancellor Avenue, geführten *Marathon-Unterhaltungen, die oft von lärmenden Diskussionen über erhoffte sexuelle Abenteuer und allerhand anarchische Witzeleien dominiert wurden*, gaben Roth ein ausgelassenes Gefühl der Unabhängigkeit, das er nirgendwo sonst in ähnlicher Intensität erlebte. *Mag sein, daß meine engsten Jugendgefährten – kluge, höfliche Juden wie ich selbst, die alle vier erfolgreiche Ärzte wurden – jene Männergesellschaften anders in Erinnerung haben*, vermutete Roth 1974, *doch ich für meinen Teil stelle eine enge Verbindung zwischen diesem Amalgam aus Mimikry, Kiebitzerei, Berichterstattung, Disput, Spott und Legendenbildung, die uns so viel Trost spendete, und meiner jetzigen Arbeit her. Außerdem finde ich das, was wir in diesen Autos zu unserer Unterhaltung vorbrachten, mit der Folklore eines Stammes vergleichbar, der den Sprung von einer menschlichen Entwicklungsstufe zur nächsten wagt.*[53]

Die beredte Aggressivität und das Selbstbewusstsein, das die tabulosen Debatten der Freunde auszeichnete, standen dabei im Einklang mit der allgemeinen Euphorie, die die USA nach dem Sieg über Deutschland und Japan erfasst hatte und mit der «America the Beautiful» – die bis 1949 einzige Atommacht – im unbeirrbaren Glauben an ihre eigene Bedeutsamkeit einem neuen Zeitalter entgegensah. Während Herman Roth trotz der Beförderung 1948 zum stellvertretenden Leiter seiner Geschäftsstelle in der harten Realität des amerikanischen Traums gefangen war, entdeckte sein von der wortgewaltigen Eloquenz der nationalen Propaganda beeinflusster jüngerer Sohn im Reichtum und in der Ausdruckskraft der englischen Sprache die Freiheit, die dieser Traum verhieß. Während in der Generation seiner Eltern *die Erosion religiöser Orthodoxie durch das amerikanische Leben erst am An-*

Philip Roth (links) mit Freunden, Jersey Shore 1951

fang stand, während Herman Roth, wie seinem heranwachsenden Sohn inzwischen nicht mehr entging, durch einen *kleinen Rest an Fremdheit*[54] noch immer an die europäische Vergangenheit gebunden war, wurde das amerikanische Englisch für Philip Roth zum Medium des Augenblicks: zu einem identitätsstiftenden Träger der elektrisierenden Aufbruchstimmung, die die USA bei Kriegsende ergriffen hatte und die schließlich auch Philip Roths leidenschaftlichen Patriotismus weiter stärkte. Die Grenzenlosigkeit des Amerikanischen, in dem Roth und seine Freunde Dinge erzählten, *wie sie wilder nicht auszudenken waren*[55], offenbarte sich ihm als Inbegriff des nationalen Mythos von Weite und Vielfalt. Das Land, mit dem Philip Roth sich als Sechzehnjähriger identifizierte, war unendlich viel größer und ungleich geheimnisvoller und furchteinflößender als der abgeschiedene Kontinent des jüdischen Viertels von Newark: Als Roth im Januar 1950 die Weequahic High School verließ, war Amerika für ihn *beinahe so mythisch wie es für Franz Kafka gewesen war*[56].

«Et cetera»

William Faulkner nahm im Dezember in Stockholm den Literaturnobelpreis entgegen, die amerikanischen Bestsellerlisten jedoch wurden 1950, als sich Philip Roth und seine Freunde über mehrere Wochen an den rhapsodischen Werken Thomas Wolfes berauschten und Roth die moderne amerikanische Literatur für sich entdeckte, von Henry Morton Robinsons erbaulichem Unterhaltungsroman «Der Kardinal» und vom «Betty Crocker's Picture Cookbook» des Lebensmittelherstellers General Mills angeführt. Der große Erfolg dieser beiden Bücher scheint rückblickend bereits vom Pietismus einer zunehmend selbstgefälligen Wohlstandsgesellschaft zu zeugen, der schließlich der ganzen Dekade ein vermeintlich frommes und unschuldiges Gesicht verlieh und unter anderem dazu beitrug, die ins Unterbewusste verbannten oder bagatellisierten Schrecken des Holocaust und der Atombombenabwürfe, die bedrohlichen Erinnerungen an die Wirtschaftskrise in Schach zu halten. Hinter dem zur Schau gestellten Optimismus der amerikanischen Supermacht, hinter der reinlichen Fassade einer sich über die geordnete Welt der Vorstädte ausbreitenden Mittelschicht, die schon 1948 an mehr als siebzig Fernsehsender angeschlossen war, herrschte ein Klima der Verdrängung und der Depression. «Unsere Tragödie heute», so Faulkner in seiner über Yoknapatawpha County hinausweisenden Nobelpreisrede, die freilich dennoch zuerst auf den Schrittmacher des Atomzeitalters zurückfiel, «ist eine allgemeine und weltumfassende physische Angst, die nun schon so lange auf uns lastet, daß wir sie zu ertragen gelernt haben.» [57]

Roosevelt war im April 1945 gestorben, Harry S. Truman, sein ebenfalls demokratischer Nachfolger im Weißen Haus, hatte nach Kriegsende für eine rasche Wiederbelebung der Friedenswirtschaft gesorgt und war bestrebt, die sozialpolitischen Neuerungen des «New Deal» zu bewahren. Die noch von Roosevelt auf den Weg gebrachte «GI Bill of Rights», von der auch Sanford Roth profitierte, als er 1948, nach zwei Jahren Dienst in der Navy, ein

Studium zum Werbegrafiker aufnahm, ermöglichte Millionen von heimkehrenden Soldaten eine College-Ausbildung und stellte damit ihre baldige Integration in den zivilen Arbeitsprozess sicher. Doch die Truman-Regierung fürchtete trotz dieser Maßnahmen den unkontrollierten Einbruch der Rüstungsindustrie und die möglichen Folgen einer übereilten Demobilisierung des Militärs. Mit ihrer Politik des «Containment», die die sowjetische Expansion in Europa und Asien eindämmen und andererseits der Verbreitung des «American Way of Life» Vorschub leisten sollte, ebnete sie sich gezielt einen Weg in den Kalten Krieg, der von den USA schließlich nicht nur außenpolitisch geführt wurde, sondern auch im eigenen Land. Der Ausbruch des Koreakriegs im Juni 1950 – *Trumans Entschlossenheit, diesen weit entfernten Konflikt zu dem seit langem herbeigesehnten Nachkriegsendkampf zwischen Kapitalisten und Kommunisten zu machen,* wie Roth die Hauptfigur seines Romans *Mein Mann, der Kommunist* sagen lässt – forcierte die seit dem Ende der Allianz mit der UdSSR immer vehementer betriebene antikommunistische Propaganda des konservativen Establishment und wurde zum Auslöser einer erdrückenden Welle der Hysterie.

Das bereits 1938 vom Kongress eingerichtete «House Un-American Activities Committee» setzte mit seinen repressiven Untersuchungsmethoden Maßstäbe für die Anhörungen, die McCarthy ab 1950 im Senat durchführte; die Mitglieder des Ausschusses hielten die kommunistische Unterwanderung des State Department für ebenso wahrscheinlich wie die Infiltration von Hollywood, wo seit der Verurteilung der «Hollywood Ten» im Jahr 1949 Schwarze Listen mit den Namen von Parteimitgliedern oder anderen Sympathisanten des «Klassenfeinds» umliefen und zahlreichen Karrieren ein Ende bereiteten. *Listen. Listen mit Namen und Anschuldigungen und Anklagen. Jeder,* so Ira Ringold in *Mein Mann, der Kommunist* über den «Geist der Brandmarkung», der Amerika in diesen Jahren leitete und vielgestaltig in Roths Werk eingeflossen ist, *hat eine Liste. [...] Joe McCarthy. Der Veteranenverband. Das Komitee für unamerikanische Umtriebe. [...] Listen von jedem in Amerika, der jemals über irgendetwas sein Mißfallen geäußert oder irgendetwas kritisiert oder sich gegen irgendetwas verwahrt hat – oder mit irgendwem Umgang hatte, der jemals irgendetwas kritisiert oder* *sich gegen irgendetwas verwahrt hat –, die sind jetzt allesamt Kommunisten, Strohmänner von Kommunisten, «Helfer» von Kommunisten.*⁵⁸ In *Mein Mann, der Kommunist* verunglimpft Philip Roth die verlogene Ideologie der Tugendhaftigkeit, die die McCarthy-Ära als Zeitalter der Intoleranz und des Verrats auszeichnete, und skandalisiert die Eskalation einer politischen Macht, die er während seiner College-Jahre als unmoralischen Zwang⁵⁹ zu empfinden begann – seine Studienjahre fielen in die Hochphase des paranoiden McCarthyismus.

Wahrscheinlich wurde in keiner Epoche der amerikanischen Geschichte jemals so viel persönlicher Verrat geübt wie im Jahrzehnt nach dem Krieg – also in den Jahren zwischen 46 und 56. [...] Hat es jemals zuvor in diesem Land eine Zeit gegeben, in der Verrat so sehr belohnt und als so wenig schändlich betrachtet wurde? Verrat gab es in diesen Jahren überall, es war ein lässliches Verbrechen, ein *zulässiges* Verbrechen, das jeder Amerikaner begehen konnte.
Mein Mann, der Kommunist, S. 325

Im Rückblick auf die Anfänge der eigenen Politisierung, die von den Anfängen seiner schriftstellerischen Identität kaum zu trennen sind, untersucht er in *Mein Mann, der Kommunist* nicht nur die Sprache des Verrats, sondern auch den nicht minder schwer wiegenden Verrat, den die ideologische Indoktrination – gleich welcher Couleur – an der Sprache begeht, indem sie mit ihren Absichten und Proklamationen die Wahrheit unterdrückt. *Kunst als Waffe?*, so die aufgebrachte Frage eines seiner Mentoren an den jungen Nathan Zuckerman, der Anfang der fünfziger Jahre – in *Mein Mann, der Kommunist* – die ersten Schritte als Hörspielautor unternimmt und die offizielle Propaganda mit einer schwülstigen, aus der patriotischen Rhetorik der Roosevelt-Ära hervorgegangenen Gegenpropaganda attackiert. *Wer hat Ihnen gesagt, daß Kunst Propaganda ist? Wer hat Ihnen gesagt, daß Kunst im Dienst «des Volkes» steht? Kunst steht im Dienst der Kunst – alles andere ist keinerlei Beachtung wert. [...] Sie wollen für eine aussichtslose Sache kämpfen? Dann kämpfen Sie für das Wort.*⁶⁰

Bucknell University, wohin Roth im September 1951 vom Newark Rutgers College wechselte, um sein Jurastudium fortzusetzen, bevor er sich Anfang 1952 entschloss, in die philosophische Fakultät zu wechseln und Englische Literatur zu studieren, lag im ländlichen Pennsylvania – *im Herzen eines der konservativsten republikanischen Bezirke des Staates*⁶¹. Das kleine College war

Bucknell University, 1945

1846 als University at Lewisburg von Baptisten gegründet worden, und auch Mitte des 20. Jahrhunderts gehörte der regelmäßige Besuch des Gottesdienstes für die etwa 2000 Studentinnen und Studenten nach wie vor zum selbstverständlichen Bestandteil ihres Curriculums. *Ich hatte Sinclair Lewis gelesen, Sherwood Anderson und Mark Twain,* so Roth über seine auf den ersten Blick befremdlich wirkende Wahl des beschaulichen Studienortes, *aber keiner von ihnen hatte mich auf die Idee gebracht, ich könnte «Amerika» in New York City oder gar in Harvard finden.* Auf der amerikanischen Weltkugel war das christlich-konservative Bucknell in seiner freundlichen Repräsentanz des «anderen», des nichtjüdischen Amerika der von Weequahic am weitesten entfernte Ort. Im Gottesdienst, den Roth *nicht ausstehen* konnte, wie er 1981 im Interview mit «Le Nouvel Observateur» bekannte, machte er es sich zur Gewohnheit, *während der Predigten in meiner Bank vor aller Augen Schopenhauer zu lesen.*[62]

Bucknell bot ihm die Opposition, die er brauchte, um sich als unabhängiges Individuum wahrzunehmen; in Bucknell setzte binnen kurzer Zeit die Emanzipation von Weequahic und von seinem vereinnahmenden Elternhaus ein: Das *Gefühl der Verschmelzung* mit dem Vater, das ihn in den ersten College-Jahren befiel, wie Roth in *Mein Leben als Sohn* schreibt – *die leidenschaftliche, wenn auch verrückte Überzeugung, daß er irgendwie in mir wohnte und ich seinen Intellekt zusammen mit dem meinen erweckte –*, täuschte ihn nicht darüber hinweg, dass in Wirklichkeit *jedes Buch, das ich mit Unterstreichungen und Randbemerkungen versah, jeder Kurs, den ich belegte, und jede Seminararbeit, die ich schrieb,*[63] Herman Roths Unwissenheit und Bildungslosigkeit zu vergrößern schien und Vater und Sohn weiter auseinandertrieb. In Bucknell etablierte sich Philip Roth in der Welt der Erwachsenen, begann er sein Leben als Mann. Er trat der traditionsreichen jüdischen Studentenverbindung Sigma Alpha Mu bei – eine nur vorübergehende Mitgliedschaft, die anders als die Aufnahmen in die überkonfessionellen Verbindungen Sigma Tau Delta (Englische Sprache und Literatur), Theta Alpha Phi (Theater) und Pi Sigma Alpha (Politikwissenschaften) im Jahr seiner Graduierung nicht mehr im Jahrbuch der Universität verzeichnet wurde. Er spielte und sang in einer freien, von ihm selbst verfassten Adaption des Musicals «Guys and Dolls»; er veranstaltete mit Freunden eine «Strandparty» im Speisesaal ihres

Roth (rechts) als Happy Loman in einer Studentenaufführung von Arthur Millers «Tod eines Handlungsreisenden». Bucknell University, November 1953

Wohnheims und war als Ensemblemitglied der Theatergruppe «Cap and Dagger» die Idealbesetzung des Happy in Arthur Millers «Tod eines Handlungsreisenden». Der Versuch, sich *aus Leibeskräften ins traditionelle Collegeleben zu stürzen*, wie Roth «Le Nouvel Observateur» sagte, *dauerte ungefähr sechs Monate*.[64]

Das Gefühl der Andersartigkeit und der Fremdheit, das sich schon bald in ihm einstellte und das er in bewusster Abgrenzung zur Masse der Studenten nicht selten selbst provozierte, war einer der ersten prägenden Eindrücke, die die Realität des zuvor nur als romantische Projektion wahrgenommenen «anderen» Amerika in ihm hinterließ. Anders als in Weequahic war Roth in Bucknell nicht mehr um Selbstzensur und Anpassung bemüht; stattdessen begab er sich mit dem wachsenden Selbstvertrauen seines extrovertierten Temperaments in die experimentelle Auseinandersetzung mit der äußeren Welt: in *das Ringen [...] zwischen dem Ich und der Kultur*, in die Auseinandersetzung mit *der Frage, wie man in dieser Welt leben kann*,[65] dessen ernsthafte Verarbeitung er am Ende des Jahrzehnts als eine der zentralen Aufgaben der Gegenwartsliteratur beschrieb. Obwohl das Kuratorium des College satzungsgemäß zu mehr als der Hälfte aus Baptisten bestand und der Anteil der jüdischen Studenten in Bucknell seinerzeit bei nur fünf Prozent lag, wie Roth sich in *Tatsachen* erinnert, ist der Ursprung seines Gefühls der allmählichen Entfremdung daher nicht in der veränderten Selbstwahrnehmung als Jude zu suchen, sondern in Roths verfeinerter Sensibilisierung für die Zeichen der Zeit und die sich wandelnde amerikanische Gesellschaft, die zu Beginn der McCarthy-Ära längst begonnen hatte, Züge einer konsumorientierten Mediengesellschaft anzunehmen. *McCarthyismus als Beginn nicht nur einer bedenklichen Politik*, wie Roth eine seiner Figuren in *Mein Mann, der Kommunist* sagen lässt, *sondern einer bedenklichen Grundstimmung, für die alles zur Belustigung und Unterhaltung eines Massenpublikums herhalten muss.*[66]

Inmitten der verhältnismäßig großen Zahl der *unrebellischen Söhne und Töchter des Amerika des Status quo*[67], die sich am Bucknell College im Studium der Volkswirtschaft dem Profitdenken der Nachkriegsökonomie hingaben und bei der Präsidentschaftswahl 1952 den republikanischen Kandidaten Dwight D. Eisenhower unterstützten, geriet Philip Roth in Konflikt mit der *ersten großen*

Roth (links) als Chefredakteur der von ihm mitbegründeten Literaturzeitschrift «Et cetera». Neben ihm der Geschäftsführer Robert Pincus. Bucknell University, 1953

Welle von Nachkriegsmedienmüll[68]. Mit der ersten *Nachkriegsblüte der amerikanischen Gedankenlosigkeit*[69], wie es in *Mein Mann, der Kommunist* heißt, deren irrealen Auswuchs er später am augenfälligsten in seiner Nixon-Persiflage *Unsere Gang* bloßstellte, in *The Great American Novel* und in *Der menschliche Makel*, dessen Protagonist Coleman Silk einer öffentlichen *Ekstase der Scheinheiligkeit*[70] zum Opfer fällt. Im Bucknell College der McCarthy-Ära geriet Roth in Konflikt mit der trügerischen Authentizität des Bildes, das «Amerika» von sich entwarf: mit dem *Triumph der Oberflächlichkeit*, dem sich abzeichnenden *Triumph der Trivialisierung über die Tragödie*, wie er 2001 in *Das sterbende Tier* schrieb.[71] *Fremd geworden in Amerika, fremd gegenüber seinen Vergnügungen und Interessen.*[72] Das Lebensgefühl der fünfziger Jahre begründete Roths politischen Skeptizismus auf ähnlich nachhaltige Weise wie den vieler anderer nonkonformistisch denkender Intellektueller – von Norman Mailers «Am Rande der Barbarei» (1951) bis zu Jack Kerouacs Beat-Klassiker «Unterwegs» (1957) und John Updikes «Hasenherz» (1960) ging es in zahlreiche frühe Romane einer neuen Autorengeneration ein und hielt zwischen 1952 und 1954 auch Philip Roth zu seinen ersten literarischen Unternehmungen an. *Die Nachtriegsattacke einer elektronisch verstärkten, spießbürgerlichen Massenkultur machte auf mich wie auf so manchen literarischen jungen Menschen den Eindruck, als wäre sie das Werk teuflischer Heerscharen, so daß die hohe Kunst dagegen als einzige Zuflucht der Gottesfürchtigen erschien.* In «Et cetera», seiner Anfang 1952 zusammen mit zwei Kommilitonen gegründeten Literaturzeitschrift, veröffentlichte er im Mai 1952 seine erste Short Story. *Die passable, aber ziemlich priesterliche literarische Bildung,* die er in Bucknell genoss, propagierte das Schreiben von Gedichten und Romanen *als Form ethischer Lebensführung, womöglich gar als Weg zum guten Leben schlechthin* und korrespondierte insofern mit Roths Idealismus und seinem ausgeprägten moralischen Ernst, der bereits seinen Wunsch, Rechtsanwalt zu werden, hervorgebracht hatte und in einigen seiner frühesten Veröffentlichungen deutlich zu spüren ist. *Der Gedanke, daß die Literatur die Domäne der wahrlich Tugendhaften sei,* so Roth 1974 in seinem Essay *Was es heißt, sich jüdische Figuren auszudenken, dürfte zu meinem Charakter gepaßt haben, der im Innersten zwar nicht gerade puritanisch war, durch einige Schlüsselreflexe aber zumindest diesen Eindruck erweckte.*[73] Roth sei reifer gewesen, als es seine Jahre vermuten ließen, erinnerte sich Jack Wheatcroft, einer der Dozenten am Englischen Institut, mit denen Roth über die Jahre in Bucknell hinaus befreundet blieb. «Schnelligkeit, Gründlichkeit, Durchdringung» waren seine «hervorstechenden Eigenschaften», so Mildred Martin, Roths Professorin, deren Oberseminar in freier Lektüre englischer Literatur unter einer geringen Zahl handverlesener Studenten Roth später als *Rückgrat meines Grundstudiums*[74] bezeichnete.

Roths Ambitionen standen anfangs unter dem Einfluss eines literarischen Leitbildes, das gänzlich dem Ideal einer würdevollen Kultiviertheit verpflichtet schien und der in Bucknell vorherrschenden *Ethik der Nettigkeit* in nichts widersprach. So formulierte er in seinem im Oktober 1953 in «Et cetera» erschienenen Prosagedicht *I'd Like To Be More Definite But You Know The Times* eine zwar bissige, in der Ausführung jedoch recht beflissene Kritik am McCarthyismus. Blies er in journalistischen Beiträgen den konservativen Geist des College an – weshalb er vor den Publikationsausschuss der Fakultät zitiert wurde –, wirken die fünf Erzählungen, die er für «Et cetera» schrieb, in ihrer unironischen Inszenierung feinnerviger und zumeist kindlicher Sensibilitäten wie die Pose einer vom Autor ausgestellten Seriosität. Sie scheinen Roths spätere Beobachtung zu bestätigen, dass *sich so viele intelligente jüdische Jungen meiner Generation – und Herkunft – zur Literatur hingezogen fühlten, weil diese eine angesehene Form der Assimilation war, die nicht wie Assimilation aussah*[75].

Roths frühe Storys geben keinerlei Aufschluss über seine jüdische Identität, sie verraten wenig über seine Wurzeln im kleinbürgerlichen Milieu der unteren Mittelschicht. Was sich in ihnen stattdessen äußert, ist das Selbstverständnis eines empfindsamen Autors, der das Gefühl der Ausgrenzung und den Konflikt mit einer verrohenden Gesellschaft für seine einzige erzählenswerte Erfahrung hält – Ausdruck eines missverstandenen literarischen Ideals, das ihm die Befreiung aus den vermeintlichen Fesseln seiner Herkunft abzuverlangen schien: *Wie konnte KUNST in einem beschränkten jüdischen Viertel von Newark verwurzelt sein, das nichts mit dem Enigma von Zeit und Raum oder Gut und Böse oder Schein und Wirklichkeit zu tun hatte?*[76] Erst die Überwindung dieses selbstauferlegten Zwanges ließ Roth erkennen, dass sein größtes literarisches Potenzial im unermesslichen Reichtum ebendieser «beschränkten» Herkunft lag: in seiner tiefen Liebe zu Newark und Weequahic, seinem Leben als Sohn und Amerikaner, in seinem Leben als der Jude, der er auch als Schriftsteller unabänderlich war.

«Goodbye, Columbus ... goodbye»

Die amerikanisch jüdische Literatur handelt von Abschied und Ankunft, von den Verheißungen einer Neuen Welt und von ihren Enttäuschungen, von Assimilation und der Wahrung persönlicher Integrität, von Selbstentfremdung und Identitätssuche, von der Erinnerung an eine verlorene Heimat und der komplexen Sprache einer neuen Zeit. Diskontinuität, so Irving Howe in seiner Kulturgeschichte «World of Our Fathers», wurde zur eigentlichen Tradition der amerikanisch-jüdischen Literatur, zu deren Höhepunkten neben Daniel Fuchs' 1934 begonnener «Williamsburg-Trilogie» über das jüdische Leben in den Slums von Brooklyn und Meyer Levins Generationenroman «The Old Bunch» (1937) auch Henry Roths erst in den sechziger Jahren einem breiten Publikum bekanntgewordener Bildungsroman «Nenn es Schlaf» (1934) gehörte, der die Amerikanisierung des jungen David Schearl in einem an James Joyce geschulten Erzählduktus schildert und entscheidend dazu beitrug, die anfangs als «Einwandererliteratur» deklassierte amerikanisch-jüdische Literatur in den kulturellen Mainstream der Moderne einfließen zu lassen.

Sosehr sich die vor 1945 erschienenen Romane englischsprachiger Autoren jüdischer Herkunft im Einzelnen voneinander unterschieden: Das Bild des Juden, das sie in ihrer Gesamtheit entwarfen, war von den Erfahrungen des osteuropäischen Judentums und den Konventionen der jiddischen Literatur geprägt, deren Archetypus des «Kleine Menshele» in der amerikanischen Großstadt als orientierungslose und vom Elend geplagte Randfigur weiterlebte.[77] Das Bild des Juden war das des Opfers, des Leidtragenden, des von einer kalten und feindseligen Gesellschaft ausgegrenzten Fremden und hatte in der amerikanisch-jüdischen Literatur dieser Epoche das gleiche *überwältigende emotionale und historische Ausmaß*[78] wie in den mündlichen Überlieferungen der Immigrantengeneration, mit denen auch Philip Roth aufgewachsen war. Nach der Wirtschaftskrise, nach der Konfrontation mit dem sich ausbreitenden Antisemitismus, dessen Virulenz im Frühjahr 1944 ein neues Höchstmaß erreicht hatte, erfuhr es durch die allmähliche Aufklärung über den von den amerikanischen Massenmedien bis zum Eichmann-Prozess im Jahr 1961 marginalisierten Holocaust abermals eine Schärfung der Konturen. *Diese Definition war die des Juden als eines Leidenden, als eines Opfers von Spott, Hohn, Abscheu, Häme und Verachtung, von jeder widerwärtigen Form der Verfolgung und Brutalität, Ermordung eingeschlossen*, so Philip Roth über die typisierte zeitgenössische Darstellung des Juden, die Mitte der vierziger Jahre im Bewusstsein der osteuropäischen Einwanderer und ihrer Familien ebenso weiterlebte wie beispielsweise in Arthur Millers Roman «Brennpunkt» (1945) oder Saul Bellows «Das Opfer» (1947) und sich von Roths eigener Selbstwahrnehmung doch grundlegend unterschied. Zwar erfasste er die *tragische Dimension des jüdischen Lebens in Europa*[79] und vermochte seine Biographie in das «Gegenleben» eines 1933 in Deutschland geborenen Juden hineinzuprojizieren, Roths jüdisches Selbstverständnis jedoch entsprang unmittelbar seinen Alltagserfahrungen in der friedlichen Enklave von Weequahic und machte ihm die Identifikation mit dem historischen, der Vertreibung und Vernichtung ausgesetzten Juden daher ebenso unmöglich wie die Identifikation mit dem Protagonisten der amerikanisch-jüdischen «Opfer-Literatur».[80]

Während das stereotype Bild die jüdische Identität als Last darstellte, deren Gewicht der Einzelne durch seine «Amerikanisierung» abschleifen konnte, war Philip Roth in Weequahic mit dem Gefühl für die *Besonderheit* groß geworden, die es bedeutete, als Jude in Amerika geboren worden zu sein, mit einer *Psyche*, wie er im Juni 1963 während einer vom American Jewish Congress unterstützten Tagung in Israel sagte, die *in drei Wörter übersetzt werden kann – «Juden sind besser». Dies ist es, was ich von Anfang an wusste: Irgendwie waren Juden besser. Ich erwähne dies als psychologischen Aspekt; ich erkläre es nicht zu einer Tatsache. Man musste also, glaube ich, während man in Amerika heranwuchs, damit beginnen, einen moralischen Charakter für sich zu schaffen. Das heißt, man musste einen Juden erfinden* – so Roth, der sein Englischstudium in Bucknell im Frühjahr 1954 «magna cum laude» abschloss und im selben Jahr in die einflussreiche landesweite Studentenverbindung Phi Beta

Kappa aufgenommen wurde. *Es war ein Gefühl, etwas Besonderes zu sein, und von da an lag es an dir selbst, deine eigene Besonderheit zu erfinden; dein Bessersein, sozusagen.*[81] Roth nahm im September 1954 sein Hauptstudium an der Graduate School der University of Chicago auf. Er war 21 Jahre alt, voller Euphorie und Übermut, weil er nach den Jahren in der Provinz von Pennsylvania in einer pulsierenden Großstadt lebte, und erkundete Chicago unter dem Einfluss[82] von Saul Bellows Roman «Die Abenteuer des Augie March», der bei seiner Veröffentlichung im Herbst 1953 beträchtliches Aufsehen erregt hatte. *Mir scheint, die größte Last für einen Juden ist nicht, den Mut aufzubringen, sein Judentum zu akzeptieren*, so Roth, der in Bellows robustem und lebenshungrigem Titelhelden die Identifikationsfigur fand, die er in der amerikanisch-jüdischen Literatur bislang vergeblich gesucht hatte, *sondern den Mut aufzubringen, es zu verleugnen.*[83] Die Lektüre von «Die Abenteuer des Augie March», *ein theatralisches, exhibitionistisches, glühendes Wortgeflecht, das die Dynamik des Lebens in sich aufnimmt, ohne das Geistige zu vertreiben*[84], wurde zu einem Schlüsselerlebnis für Philip Roth.

Es kam mir vor, als hätte Bellow alle Zwänge abgeschüttelt, erinnerte sich Roth 1987, und erstmals einen jüdischen Helden geschaffen, der vor allem anderen Amerikaner war, «eine Art Kolumbus des Naheliegenden»[85], wie Augie March selbstbewusst von sich sagt. *[Bellow] war nicht von der akademischen Auffassung von Literatur in Zaum gehalten, die ich, zum Beispiel, angefangen hatte, mir als Student einzutrichtern*[86], so Roth, für den die akademische Laufbahn inzwischen kaum noch in Frage kam. Er schloss sein Englischstudium im Juni 1955 mit dem Master of Arts ab und verpflichtete sich freiwillig für zwei Jahre bei der Armee, um die Arbeit an einer Dissertation zu umgehen; die Wirbelsäulenverletzung, die er sich während der Grundausbildung in Fort Dix zuzog, führte 1956 zu seiner vorzeitigen Entlassung.

Als Roth auf Einladung des Dekans der geisteswissenschaftlichen Fakultät im Sommer nach Chicago zurückkehrte, um am Liberal Arts College der Universität Schreibkurse für die jüngeren Semester zu geben, hatte er die ersten *Erkundungen in die unmittelbaren Erfahrungswelten*[87], zu denen er durch Bellows Augie March inspiriert worden war, bereits unternommen und sah seinem weiteren Weg mit neuer Entschlossenheit entgegen: *In der Armee*

Roth als Soldat
der U.S. Army, 1955

hatte ich ein paar Geschichten geschrieben, so Roth, der in Chicago erstmals mit Ambition und Talent anderer angehender Schriftsteller in Konkurrenz trat, *und eine, die in «Epoch» veröffentlicht worden war, einem Magazin, das an der Cornell erschien, wurde für Martha Foleys «Best American Short Stories of 1956» ausgewählt. Das machte mir Mut.*[88]

Roth besuchte in den ersten Monaten nach dem Unterricht noch ausgewählte Doktorandenseminare und verbrachte die meisten Nachmittage mit der konzentrierten Arbeit an Kurzgeschichten, in denen die preziöse Empfindsamkeit der frühen Storys der Ursprünglichkeit und Intensität seiner tiefverwurzelten Erfahrungen Platz machten. Den Erfahrungen eines Newarker Juden aus der unteren Mittelschicht Form und Ausdruck einer Literatur zu verleihen, die eine ähnliche Reichweite hatte wie Thomas Wolfes Erzählungen aus seiner Geburtsstadt Ashville oder gar Faulkners Zyklus aus seiner Heimatregion im Norden von Mississippi, erwies sich für Roth als Herausforderung an sein neues literarisches Selbstverständnis. «In Chicago war das Schreiben für Phil nicht leicht», erinnerte sich der Lyriker George Starbuck, der schließlich Roths erster Verlagslektor wurde. «Er war sich sehr der alternativen Stile bewusst und der verschiedenen Fragen, die man sich über die Art, wie man schreiben möchte, stellen kann – welche Haltung man einnimmt, welche Stimme man verwendet, wie man sie formt, wie man Anfänge, Enden und Übergänge schafft. Er war nicht einer dieser Schriftsteller, die, schon früh, das Medium so akzeptieren, wie sie es zu verstehen glauben [...]. Phil hatte komplexe Vorstellungen vom Schreiben.»[89] Als Roth dem

Schriftsteller und Dozenten Richard Stern während eines Mittagessens in der University Tavern von einer wohlhabenden jüdischen Familie aus dem vorstädtischen New Jersey erzählte, mit deren lebhafter Tochter ihn eine leidenschaftliche, erst bei seiner Rückkehr nach Chicago aufgegebene Freundschaft verbunden hatte, war er von Sterns Reaktion überrascht: «*Weshalb schreibst du das nicht auf?» sagte er. Mein Kopf war so voll von [Henry James'] «Die goldene Schale»*, erinnerte sich Roth 1983 im Interview mit «The Chicago Review», *dass ich dachte, er wolle mich auf den Arm nehmen. Aber nachdem ich nach Hause gegangen war, tat ich es. Ich verdanke Dick, dass er mir zu erkennen half, dass das, was vor meiner Nase lag, obwohl es nicht so überwältigend war wie Conrad oder so verwickelt wie James, als Literatur betrachtet werden konnte. Das war es, was ich [an der Universität von Chicago] lernte: wie man all diesen großen Büchern Widerworte erteilt.*[90]

In *Goodbye, Columbus*, wie Roths auf Anregung seines Freundes begonnener Kurzroman schließlich hieß, klingt das unempfängliche «Ich möchte lieber nicht» von Herman Melvilles Bartleby ebenso nach wie das souveräne «non serviam» aus Joyces «Stephen der Held».[91] Der Rückzug in ein authentisches, möglicherweise perspektivloses Leben, den die Trennung von der hübschen Studentin Brenda Patimkin am Ende für den Icherzähler Neil Klugman bedeutet, ist als Ausdruck eines starken Freiheitssinns jedoch in erster Linie eine Verarbeitung von Roths eigenem Empfinden und damit so autobiographisch wie Neils zunehmend satirischer Blick auf das Philistertum der neureichen Patimkins, der Roths kompromisslose Kritik an der Konsumgesellschaft reflektiert. Neil lebt bei Verwandten im hauptsächlich von Juden bewohnten Viertel von Newark und hält sich, nach Philosophiestudium und Militärdienst, mit einem anspruchslosen, aber bequemen Job in der Public Library über Wasser. Brenda wiederum ist die selbstbewusste Tochter eines zielstrebigen, ungebildeten jüdischen Geschäftsmanns, der es während des Kriegs mit der Herstellung von Spülsteinen zu Geld gebracht hat, seiner ebenfalls aus Newark stammenden Familie so den Traum vom Exodus in die gehobene Vorstadtwelt der Country Clubs erfüllen konnte und seinen Kindern zum Zeichen der erfolgreichen Amerikanisierung die operative Begradigung ihrer Nasen finanziert. Das «komfortable, paradoxe Leben der Juden im wohlhabenden Nachkriegsamerika»[92] sei Roths Thema, so Saul Bellow, der dem Jüngeren im Mai 1957 vorgestellt wurde, nachdem er in einem Schreibseminar an der Universität von Chicago Roths Story *Die Bekehrung der Juden* analysiert hatte.

Zwar personifiziert Neil den in die amerikanische Ideologie eingeschriebenen Individualismusgedanken und steht damit in der von Ralph Waldo Emerson und Henry David Thoreau beförderten Tradition des unabhängigen, auf sich selbst gestellten Helden, der zur unveräußerlichen Ausstattung der amerikanischen Literatur gehört. Als Nachfahre jüdischer Einwanderer, dessen in Newark gestrandete Familie noch immer im Schatten der Alten Welt zu leben scheint, verkörpert Neil jedoch auch einen erwartungsvollen Glücksritter, der einen angesehenen Platz in der amerikanischen Gesellschaft für sich zu erobern sucht, wie ihn die Patimkins dem Anschein nach bereits einnahmen. *Der Höhenunterschied von hundertachtzig Fuß zwischen Newark und den Vororten*, bemerkt Neil, als er Brenda zum ersten Mal in Short Hills besucht, *schien einen tatsächlich dem Himmel näher zu bringen*. Mit *Goodbye, Columbus* – Neils Aufbruch in die neue Welt und seiner Umkehr – entmythologisiert Roth das vermeintliche Paradies von Short Hills, den oberflächlichen Materialismus der Patimkins, als glücklose Selbstentfremdung. In *Goodbye, Columbus* bedeutet das Ende von Neils Romanze und das Bekenntnis zu seinen Wurzeln – er *erreichte Newark, als die Sonne über dem ersten Tag des jüdischen Neuen Jahres aufging*[93] – zugleich den Abschied von der Utopie des «American Dream».

> «Goodbye, Columbus» ist ein Erstlingsbuch, aber nicht das Buch eines Anfängers. Im Unterschied zu den meisten von uns, die wimmernd, blind und nackt auf die Welt kommen, erscheint Mr. Roth mit Fingernägeln, Haaren und Zähnen und weiß sich sogar auszudrücken. Mit seinen sechsundzwanzig Jahren schreibt er gekonnt, geistreich, kraftvoll – ein Virtuose.
>
> Saul Bellow: Commentary, Juli 1959

Wirkten die nur wenige Jahre zuvor in Bucknell geschriebenen Storys papieren, erschien *Goodbye, Columbus* manchem Leser nun beinahe als zu wirklichkeitsnah, als zu profan, um hohen literarischen Ansprüchen zu genügen. Auch der befreundete Theodore Solotaroff, der wie Roth aus der jüdischen Mittelschicht stammte und sein ästhetisches Vokabular am Englischen Institut und an den «kühlen, knappen Epiphanien des Joyce der ‹Dubliner›, des Flaubert von ‹Ein schlichtes Herz›, von Katherine Mansfield und Hemingway» entwickelt hatte, war sich der Qualitäten von *Goodbye, Columbus* beim ersten Lesen in Manuskriptform nicht sicher. «Aber mein Widerstand gab schon bald nach wie die Pins beim Bowling»: «Es war, als säße ich im Kino und sähe dort auf der Leinwand einen Film über den Häuserblock, in dem ich aufgewachsen war [...].»[94]

Nicht alle Kritiker überwanden ihre Vorbehalte so uneingeschränkt, als *Goodbye, Columbus* Ende 1958 in der «Paris Review» und wenige Monate später als Titelerzählung von Roths erstem Buch veröffentlicht wurde. «The Nation» bemängelte, dass der distanzierte und ironische Ton des Icherzählers den Leser letztlich unbeteiligt lasse, während das Londoner «Times Literary Supplement» Roths Sprache als «so hart und nah am Beat» empfand, «dass die Figuren es nie schaffen, sich miteinander zu verständigen».[95] Seit «*Goodbye, Columbus*», so Roth 1969 im Interview mit der «New York Times Book Review», *fasziniert mich eine Prosa, die die Wendungen, Vibrationen, Intonationen und Kadenzen, die Spontaneität und Leichtigkeit gesprochener Sprache aufweist, zugleich aber fest auf dem Blatt Papier verankert ist, beschwert mit der Ironie, Präzision und Vieldeutigkeit, wie man sie eher von literarischer Rhetorik erwartet.*[96] Angefangen mit *Goodbye, Columbus* entwickelte Roth einen Stil, der in der zeitgenössischen amerikanischen Literatur beispiellos war und selbst «die riesige Demokratie von Bellows Prosa», so Martin Amis, die «jazzigen Verben»[97] des Augie March ausstaffiert und schwerfällig wirken ließ. «Der einzige andere Schriftsteller, der zu dieser Zeit mit seinem Stoff so mühelos und genau in Kontakt zu stehen schien, war Salinger», erinnerte sich Theodore Solotaroff, der den Erfolg von Roths Arbeit nicht nur auf ein außergewöhnliches Talent zurückführte, sondern auf die «komplizierte Art der Akzeptanz, welche die Begabung von jemandem mit seiner Erfahrung verbindet» und eine direkte Kommunikation, wie sie auch Jerome D. Salingers Roman «Der Fänger im Roggen» auszeichnete, erst ermögliche. Roth hatte das im Juli 1951 erschienene Kultbuch noch vor seinem Wechsel ans Bucknell College in Newark gelesen. «Wenn Roths Literatur etwas von Salingers Geist und Charme hatte, die einnehmende Mischung aus jugendlichem Idealismus und Zynismus, die Atmosphäre unmittelbarer Realität», bemerkte Solotaroff weiter, «so war sie doch aus härterem Holz geschnitzt [...]. Salingers bevorzugte Erfahrung, ebenso wie die seiner Figuren, war eine sehr empfindliche; Roths Appetit war sehr viel herzhafter, sein Ton aggressiver, sein moralisches Bewusstsein zugleich weiter und entschiedener.»[98] Die Distanz zwischen beiden Autoren war letztlich so groß wie die zwischen Central Park West und dem in *Goodbye, Columbus* von Neil Klugman aufgesuchten Washington Park gegenüber der Newark Public Library, in dem Neil *spürte, wie eng ich mit Newark verbunden, wie tief ich in ihm verwurzelt war, und unversehens verwandelte sich das Gefühl der Zugehörigkeit in Liebe*[99]. Roths «graue authentische Poesie»[100], der Tonfall und die Melodie seiner Diktion, entsprang den Erinnerungen an die *undifferenzierte Alltäglichkeit des jüdischen Lebens entlang der Route von Newarks Nummer 14 Clinton-Place-Bus*[101] – dem Klang seiner Stadt und ihrem Mythos.

«Alle Wirklichkeit
hat todernsten Charakter»

Als Philip Roth in der zweiten Hälfte der fünfziger Jahre über seine Heimatstadt zu schreiben begann, hatte das Newark seiner Kindheit und Jugend längst ein neues Gesicht erhalten, und auch in der Abgeschiedenheit von Weequahic waren die Zeichen der sich anbahnenden sozialen Spannungen bereits zu erkennen. «Die Häuser, die Plätze, die Hecken, die unser Newark definiert hatten, gingen nun in den Besitz der Neger über», schrieb der Kritiker Leslie A. Fiedler, der *Goodbye, Columbus* im Sommer 1959 für die zionistische Zeitschrift «Midstream» rezensierte und Roth als einen Autor feierte, der «so vulgär, komisch, subtil, mitleiderregend und schmutzig» war wie Newark selbst und in seinen Storys eine «legendäre Stadt» erschuf, auf die er «im Augenblick ihres Sterbens zurücksah»[102]. Die Distanz mehrerer Jahre, die geographische und intellektuelle Wegstrecke, die Roth seit seinem Abschied von Newark zurückgelegt hatte, erschloss ihm den imaginären Raum, den seine Vorstellungskraft für die Errichtung der literarischen Architektur seiner Heimatstadt brauchte: Indem er *Weggang und Rückkehr zu identischen Handlungen machte [...] – das Verlangen zurückzuweisen und das Verlangen, sich festzuklammern, ein Gefühl der Treue und die Notwendigkeit zu rebellieren, den verführerischen Traum, in das reizvolle Unbekannte zu entkommen, und den Gegentraum vom Festhalten am Vertrauten –*, nahm Roth das spannungsreiche und krisenhafte Areal in Besitz, das nicht nur Schauplatz von *Goodbye, Columbus* und fast aller anderen in seinem ersten Buch versammelten Erzählungen ist, sondern auch schon das Terrain einschließt, auf dem spätere Romane wie *Portnoys Beschwerden*, *Amerikanisches Idyll* oder *Verschwörung gegen Amerika* und *Nemesis* agieren. Die einnehmende Autorität dieser Romane resultiert nicht zuletzt aus den gleichen *widersprüchlichen Sehnsüchten*[103], die Roths Phantasie nach seinem Weggang aus Newark und dem Untergang des jüdischen Viertels anzuregen begannen und in der Rückbesinnung von Storys wie *Die Bekehrung der Juden*,

Das Lied verrät nicht seinen Mann und *Epstein* erstmals literarische Gestalt annahmen.

Jede dieser Storys ist von *Ethos und Atmosphäre*[104] des alten Weequahic erfüllt, aber im Gegensatz zu anderen, zeitgleich entstandenen Erzählungen, von deren Veröffentlichung George Starbuck, der *Goodbye, Columbus* 1958 für den renommierten Verlag Houghton Mifflin unter Vertrag genommen hatte, seinem Freund abriet, handelt es sich bei ihnen nicht um konventionelle «Ellis-Island-bis-Hester-Street-Sagas über die Schwierigkeiten jüdischer Einwanderer»[105]. Die *Columbus*-Storys beschreiben eine Welt, deren Bewohner sich ebenso *heroisch, manchmal «normal», mitunter auch enttäuschend oder gemein*[106] benehmen wie die des übrigen Amerika, die nicht *minder stolzen, ehrgeizigen und fremdenfeindlichen*[107] Angehörigen jeder anderen Minderheit, die in der Polyphonie der amerikanischen Gesellschaft nach Akzeptanz und Bedeutung und nach dem Anrecht auf ein selbstbestimmtes, freies Leben streben. *Die Bekehrung der Juden*, die früheste, noch während Roths Armeezeit entstandene Geschichte, erzählt von Ozzie Freedman, der im Hebräischunterricht die Unfehlbarkeit des Rabbiners in Frage stellt und aufs Dach der Synagoge klettert, von wo aus er der Gemeinde ein christliches Glaubensbekenntnis abverlangt; in *Das Lied verrät nicht seinen Mann* wird ein neuer Mitschüler, der ehemalige Insasse einer Besserungsanstalt, dessen Neigungen trotz des Vorsatzes, *anständig zu werden*[108], eher zweifelhaft sind, für den Icherzähler zur Herausforderung an das jüdische Bildungsideal. Keine dieser Storys hat in ihrer Ausführung etwas vom *Schtetl-Kitsch […], wie er dann in den Sechzigern mit «Fiddler on the Roof» aufkam*[109]; beide Storys verhandeln die Ambivalenz eines ununterdrückbaren, im Schutz einer unlösbaren Verbundenheit aufkeimenden Widerstands und liefern ein authentisches Bild von Philip Roths eigener Selbstdefinition als Amerikaner und Jude: Dass die in *Goodbye, Columbus* veröffentlichten Erzählungen andererseits dennoch *eine Art von folkloristischer Literatur* darstellen – *sorglose Kurzgeschichten, spontan erzählt, die über die Knochen des Volksmärchens irgendwie eine Haut aus satirischer Gesellschaftskomödie spannen*[110], wie Roth 1989 schrieb –, verdeutlicht vor allem die ebenfalls noch in der Armee begonnene und im Sommer 1958 zuerst von der «Paris Review» veröffentlichte Story *Epstein*. Deren neunundfünfzigjähriger Protagonist, der in seiner Ehe vereinsamte Inhaber einer Newarker Papiertütenfabrik, unternimmt einen befreienden Seitensprung mit einer attraktiven Witwe aus der Nachbarschaft. Als eine von Roths *am tiefsten in dieser schwindenden Welt*, der jüdischen Gemeinde von Newark, *verwurzelten* Kurzgeschichten erinnert *Epstein* dabei nicht nur an einige der atmosphärischen, von der jüdischen Ethik und Tradition durchlaufenen Parabeln Bernard Malamuds, dessen Erzählungen Roth Anfang der fünfziger Jahre mit großer Aufmerksamkeit las. *Epstein* ist, davon abgesehen, auch die literarische Bearbeitung einer Geschichte, die Roth bereits zur Unterhaltung seiner Freunde am Bucknell College erzählte und deren Ursprung in einer Anekdote liegt, die Herman Roth zu Hause in Newark beim Abendessen zum Besten gegeben hatte. *Als ich mich ein Jahrzehnt später daranmachte, diesen delikaten Nachbarklatsch in Fiktion umzuverwandeln*, so Roth 1971, *versuchte ich, der Perspektive des Geschichtenerzählers treu zu bleiben, die mir moralisch raffiniert und in ihrer so wenig selbstgerechten Heiterkeit und Robustheit liebenswert erschien*. Indem Roth den Schwerpunkt der Anekdote verlagerte, indem er Lou Epstein am Ende einen Herzanfall erleiden lässt, der ihn ausweglos an seine Familie zu binden droht, und damit der Geschichte *jenes brutale Ende zu geben, das Mr. Realität bei der realen Gelegenheit merkwürdigerweise vergessen hatte*,[III] versetzte er Epsteins Schicksal in einen neuen, vom Licht der eigenen Erfahrung beleuchteten Kontext, in dem der Frage nach den Möglichkeiten individueller Selbstentfaltung – *Wie werde ich morgen leben? Und wie soll ich mir heute mein Leben einrichten? [...] Was bedeutet es, so zu sein, wie ich bin?*[112] – entscheidende Bedeutung zukommt. Als frühes Beispiel einer für Roth charakteristischen Arbeitsweise ist die Entstehungsgeschichte von *Epstein* Indiz für eine Literaturauffassung, die Literatur zwar als imaginationsbestimmtes Schreiben begreift, andererseits jedoch die Fiktionalität eines Textes nicht als Ausdruck reiner Phantasie definiert, sondern als unablässigen Diskurs zwischen Fiktion und Wirklichkeit: *Das eigentlich Interessante in der Frage nach dem Biographischen – wie übrigens auch in der Frage nach der Kritik*, erklärte Roth 1984 der «Paris Review», liege dabei weniger darin, *daß ein Schriftsteller über etwas schreibt, das er selbst erlebt hat, sondern darin wie er darüber schreibt*. Faszinierender sei die Frage, so Roth mit Blick auf das spezifische Verhältnis zwischen einem literarischen Text und der nichtfiktionalen Wirklichkeit, das er in seinem Werk auf vielfältige Weise reflektiert, *warum und wie er über etwas schreibt, das nicht geschehen ist – wie er Hypothetisches oder bloß Erdachtes dem beimengt, was von Erinnerung ausgelöst und gelenkt wurde und wie dies Erinnerte die übergreifende Idee gebiert.*[113]

Die literarische Transposition von Erfahrung und Erinnerung, die Roth später in zahlreichen Romanen auf unterschiedliche Weise an die Oberfläche kehrte und mit der Erfindung der in provozierender Deutlichkeit auf ihren Autor verweisenden Figur des Nathan Zuckerman wiederholt thematisierte, unterlag, wie die Genese von *Epstein* und der autobiographische Ursprung des Kurzromans *Goodbye, Columbus* zeigen, bereits den Erzählungen von Roths erstem Buch als Prinzip. Der Umstand, dass einige seiner Kritiker Philip Roth gleichsam *unter Geschrei aus dem Anglistikseminar*[114] herausschleiften und öffentlich denunzierten, gab Roth bereits einen Vorgeschmack auf die eindimensionale biographische Lesart, der sein Werk vor allem nach dem Erfolg von *Portnoys Beschwerden* ausgesetzt sein würde. In den Augen des konservativen jüdischen Establishments war *Goodbye, Columbus* Philip Roths «*Mein Kampf*»[115], so Roth über die Angreifer aus den Reihen der orthodoxen Juden, die ihn bereits bei Erscheinen der im März 1959 im auflagenstarken «New Yorker» publizierten Story *Verteidiger des Glaubens* attackiert hatten und die sich durch die Buchveröffentlichung von *Goodbye, Columbus* erneut herausgefordert sahen: *Sie schrieben keine Referate über etwas, was sie gelesen hatten,* so Roth, für den das Jahr 1959 nicht nur in professioneller Hinsicht einen Wendepunkt markierte – *sie wurden wütend.*[116] Die Göttliche Komödie jedoch, in deren Limbus sich Roth seit Februar bewegte, übertraf das hitzige Gesinnungsdrama, das seine Kritiker um ihn inszenierten, sowohl an Einfallsreichtum als auch an Explosivität.

Die Frau, der er sich im Oktober 1956 auf *offener Straße* vorgestellt hatte, arbeitete als Sekretärin im Institut für Gesellschaftswissenschaften; im Rückblick seiner bis zum Herbst 1968 reichenden Autobiographie wird sie schließlich zur *Nemesis und Erzfeindin* seines Lebens, zu seinem wahren *Gegenselbst*. Sie war von einer *prototypischen blauäugigen Blondheit*[117] und erschien ihm als die Verkörperung aller *Ängste und Phobien meiner Generation amerikanischer jüdischer Kinder*. Was Roth an Margaret Martinson Williams reizte, war vor allem die Chance, sich selbst zu beweisen, *daß ich vor nichts Angst hatte*[118], sowie die feste Überzeugung, dass die vier Jahre ältere Frau als Inbegriff der *arischen, nichtjüdischen Amerikanerin* zeitlebens die Opferrolle verkörpert hatte, die nach Auffassung seines Volkes in der amerikanischen Gesellschaft den Juden vorbehalten war. Martinson war die aus einer Kleinstadt in Michigan stammende Tochter eines wegen Diebstahls inhaftierten Alkoholikers, wie es in *Tatsachen* heißt, die geschiedene Ehefrau eines Rundfunktechnikers, der mit den beiden gemeinsamen Kindern im Westen der USA lebte. Sie hatte ihr Studium in Chicago schon nach kurzer Zeit abgebrochen, sie hatte Schulden: Im Gegensatz zu Roth kennzeichnete sie nicht der unbedingte Stolz auf die eigene Herkunft, sondern ein *Haß auf ihre Vergangenheit und ihre Angst vor der Zukunft*. Indem Roth ein Verhältnis mit einer Frau einging, in der seine Großeltern *die legendäre hexenhafte Schickse der alten Heimat gesehen [hätten], die von ihrer bestialischen Erblast dazu verdammt war, eine Zerstörerin aller gütigen menschlichen Tugenden zu werden, die dem wehrlosen Juden lieb und teuer waren,*[119] erlebte er sich als freier, von einer vereinnahmenden kollektiven Angst erlöster Mann.

Roth trug dieses Gefühl auch nach außen: Enge Freunde wie Theodore Solotaroff beneideten ihn, «weil er so frei war»[120], obgleich die anfangs unbeschwerte Zeit, in der Roth und Martinson ein häusliches Leben von beinahe bürgerlicher Gemütlichkeit führten, seit Februar 1957, als Martinson feststellte, dass sie schwanger war, und Roth ihr nahelegte, das Kind abzutreiben, eine zunehmende Trübung erfuhr. Roth arbeitete an *Goodbye, Columbus*, ab Juni rezensierte er Filme und Fernsehsendungen für die «New Republic»; doch «hinter den Kulissen von Leichtigkeit und Erfolg»[121], so Solotaroff, wurde die intensive Beziehung zu Martinson für ihn allmählich zur Belastung. Er erkannte, dass Martinson aus den *Abenteuern des Scheiterns, die sie bereits zu einer lebhaften Legende ihres Lebens gemacht hatte*[122], nicht als eine *Frau voller Mut und Kraft*[123] hervorgegangen war, wie er ursprünglich angenommen hatte. Er begriff, dass seinem Bemühen um die Verfeinerung ihres Geistes – Roth «betrachtete ihren Verstand als ein Projekt»[124], so

Solotaroff – Grenzen gesetzt waren und dass sein unstillbares Verlangen nach Erfahrung, *mein Ehrgeiz, Leben in Großbuchstaben zu schreiben*[125], eine Dynamik angestoßen hatte, deren Entwicklung sich seiner Kontrolle zu entziehen drohte. So fasziniert er *das Rätsel, das sie in meinen Augen war*[126], auch betrachtete: Roths erzieherische Maßnahmen der Selbstüberwindung einerseits und der intellektuellen Erweckung Martinsons andererseits, als die sich der Auftakt der Beziehung in seinen späteren autobiographischen Darstellungen ausnimmt, bildeten ein engmaschiges Netz aus Ansprüchen und Zwängen, aus romantischen Idealen und manipulativen Absichten, hinter dem Margaret Martinsons Konturen für Philip Roth kaum noch auszumachen gewesen sein dürften. Es war nicht nur die besitzergreifende Kraft ihrer leidenschaftlichen Gefühle, sondern vermutlich auch ihr Bemühen, aus dem starken Licht seiner Projektionen herauszutreten, das in Roth bereits nach wenigen Monaten die Furcht weckte, seine Unabhängigkeit, die es weiterzutreiben und zu festigen galt und deren Förderin Martinson hatte sein sollen, aufs Spiel zu setzen.

In seiner Autobiographie spricht Roth von einem *schwindenden Vertrauen* zwischen ihm und Martinson, die er in *Tatsachen* Josephine Jensen nennt. Den *strapaziösesten, erschöpfendsten, bestürzendsten Streitigkeiten*[127] entkam er im Herbst 1957 durch eine kurze Affäre mit der Tochter eines angesehenen orthopädischen Chirurgen, und im Sommer 1958 durch eine Einladung der «Paris Review» nach Europa, wo Roth im Juli für *Epstein* mit dem Aga Khan Prize der Literaturzeitschrift ausgezeichnet wurde. Als ihm Houghton Mifflin für *Goodbye, Columbus* ein Stipendium in Höhe von 1200 Dollar zusprach, mehr als ein Drittel seines Jahresgehalts an der Universität, fasste er den Entschluss, seine Anstellung am Liberal Arts College zu kündigen und nicht nach Chicago zurückzukehren. Roth plante eine Zukunft ohne Martinson in New York, wo er ausschließlich der Selbstverpflichtung des Schreibens nachkommen

> «Du hast tatsächlich geglaubt, ich würde mich deinetwegen umbringen? Oh, du schrecklicher Narzisst! Du selbstsüchtiger, egomanischer Irrer! Du glaubst wirklich, du seist Ziel und Zweck allen Daseins!» – «Nein, nein, du bist es, die mich dafür hält. Warum sonst lässt du mich nicht zufrieden!» – «O mein Gott», stöhnte sie, «o mein Gott – hast du noch nie etwas von Liebe gehört?»
> Mein Leben als Mann, S. 185

wollte: Dass er ihr aus Europa Briefe schrieb, lässt vermuten, dass seine Gefühle weniger eindeutig waren, als er es sich eingestand, und trug dazu bei, dass auch Martinson Chicago verließ und Roth Ende August bei seiner Ankunft in New York erwartete.

Die komplizierte Beziehung zu Margaret Martinson Williams schenkte Philip Roth das «obsessive und widerspenstige Material der Problem-Literatur, das ihn seine Lektüre der großen Klassiker der Moderne zu verehren gelehrt hatte»[128], so der Kritiker Mark Shechner. Sie bot Roth nicht nur Anlass zur Auseinandersetzung mit seiner spezifischen kulturellen Prägung, sondern markiert darüber hinaus auch einen Moment der literarischen Konditionierung von Erfahrung, in dem sich für Roth eine Möglichkeit eröffnete, Lektüreerlebnisse ins Leben zu spiegeln. Die Beziehung zu Martinson, die sich Ende 1958 zu festigen begann, nachdem Roth die mittellose, ihn zunehmend bedrängende und an sein Verantwortungsgefühl appellierende Frau in seinem Kellerapartment an der Lower East Side von Manhattan aufgenommen hatte, erscheint rückblickend als Teil eines gewagten literarischen Experiments, das sich in der dialektischen Zirkulation von Leben und Werk, die Roths Biographie ausmacht, *dem Verhältnis zwischen der geschriebenen und der ungeschriebenen Welt*[129], als eine der stärksten und ausdauerndsten Strömungen erwies. Roth und Martinson lebten als zwei Tyrannen unter einem Dach. Aus dem Erz ihrer im Februar 1959 von einem Friedensrichter in Yonkers geschlossenen Ehe sollte Roth später, so Mark Shechner, «jedes einzelne Karat an Mitleid und Schrecken zu Tage fördern und schmelzen»[130]. Am schwersten wiegt der reiche Ertrag seiner traumatischen Erfahrung in dem 1974 erschienenen Roman *Mein Leben als Mann*: dem *Kriegsroman*, wie Roth im Interview mit der «Paris Review» sagte, den er schrieb, nachdem es ihm in seiner Ehe misslungen war, ein *Verdienstkreuz*[131] zu erhalten.

Kaum sonst etwas in meinem Werk ist ein derart genaues Duplikat der autobiographischen Tatsachen[132]: Obgleich *Mein Leben als Mann*, so Roth 1984, *an vielen Stellen so dramatisch von seinem Ursprung – meiner damaligen miesen Lage – abweicht*[133], sind die in der Erzählung *Meine wahre Geschichte*, dem zweiten Teil des Romans, beschriebenen Ereignisse, die der überraschenden Eheschließung des jungen Schriftstellers Peter Tarnopol mit der verzweifelten

Hysterikerin Maureen Johnson vorausgehen, beinahe unverändert dem Leben entnommen und geben Einblick in die Motive, die Roth ausgerechnet in einem äußersten Moment der Krise dazu bewegten, Margaret Martinson Williams im Februar 1959 einen Heiratsantrag zu machen. Wie der 1933 in Yonkers geborene Tarnopol – *Tarnopol, der Triumphator*, so der narzisstische Icherzähler von *Meine wahre Geschichte* – hatte auch der kaum sechsundzwanzigjährige Philip Roth in seinem Leben *in wichtigen Dingen noch nie eine Niederlage erlitten*. Wie Peter Tarnopol, der in *Mein Leben als Mann* schließlich schreibend den Versuch unternimmt, *die Vergangenheit zu entmystifizieren und sein anerkanntermaßen unzuträgliches Gefühl des Versagens zu mildern*, vertraute auch Roth Ende der fünfziger Jahre vollkommen darauf, *daß der Erfolg auf mich wartete*.[134] Im Glanz dieser Überzeugung verschwendete er keinen Gedanken an die Vorstellung, jemals das hilflose Opfer von Lüge und Täuschung werden zu können. Ob Margaret Martinson Williams tatsächlich erneut schwanger war, wie sie dies Roth 1959 eröffnete, oder die Schwangerschaft lediglich vortäuschte, wie sie ihm zweieinhalb Jahre später *unter Drogeneinfluß und betrunken, mitten während eines stümperhaften Selbstmordversuches* zu verstehen gab, lässt sich ebenso wenig ermitteln wie ihr in einem Moment der hysterischen Überreizung ausgesprochenes Eingeständnis, statt der Abtreibung des angeblichen Kindes – Roths Bedingung für ihre Eheschließung – einen Kinobesuch unternommen zu haben. Roth spielt in seiner Autobiographie flüchtig mit dem Gedanken, dass Martinson sich diese eindrucksvolle Enthüllung *aus dem Stegreif* hatte *einfallen lassen, sie hatte ihre Muse zu Rate gezogen*, um ihn mit einer Lüge bloßzustellen und in der Sekunde des totalen Kriegs zu vernichten. Roths durchweg negative Charakterisierung Martinsons in *Tatsachen* scheint darauf hinzudeuten, dass Roth an der Richtigkeit ihrer Behauptung keinen Zweifel hatte, ebenso die Beschreibung des nach eigenem Bekunden eng an *die tatsächliche Wirklichkeit*[135] angelehnten Täuschungsmanövers in *Mein Leben als Mann*, wo sich Maureen Johnson *nach den Strapazen eines sechsstündigen Kinobesuchs [...] mit klappernden Zähnen und schlotternden Gliedern* ins Bett legt und Peter Tarnopol ihr Märchen *von Leid und Erniedrigung in den Klauen* eines Abtreibungsarztes erzählt. Als biographischer Impetus von großer Gestaltungskraft bestimmte die Literatur auf mitunter zwingende Weise den Verlauf von Philip Roths Leben: Wie Tarnopol, der sich angesichts Maureen Johnsons Drohung, Selbstmord zu begehen, falls er sie endgültig verlassen sollte, in ein *grausames und erbarmungsloses Dilemma* hineinversetzt fühlt, *wie ich es aus der Literatur kannte*, vermochte auch Roth sich im Augenblick einer bedeutenden persönlichen Erfahrung mitunter nicht aus dem Einflussbereich der Literatur zu lösen und handelte stattdessen nach den Gesetzen ihrer imaginären Ordnung. Wie Peter Tarnopol, der *gänzlich der Faszination jener komplizierten Fiktionen moralischer Seelenqual erlegen ist*,[136] denen er als Student der Literaturwissenschaften nachgespürt hatte, folgte auch Philip Roth bisweilen einer verinnerlichten Dramaturgie der literarischen Inszenierung und betrachtete schließlich nicht nur Margaret Martinson mit *dostojewskijschen Augen*[137], wie es in *Tatsachen* heißt, sondern auch sich selbst. Als «Mittler der moralischen Einbildungskraft»[138], so Lionel Trilling in seinem Buch «The Liberal Imagination» (1950) über die soziokulturelle Bedeutung insbesondere des Romans, hatte die Literatur seit Beginn seines Studiums am Bucknell College maßgeblich dazu beigetragen, in Philip Roth den *moralischen Charakter*[139] herauszubilden, den er bereits zu Hause in Newark für sich beansprucht hatte. Es war letztlich der unbedingte Glaube an die sinnstiftende Funktion der Literatur, an ihre einzigartige Fähigkeit, in aller Komplexität aufzuzeigen, *was es heißt, Mensch zu sein, menschlich zu sein*[140], der es Philip Roth Ende der fünfziger Jahre unmöglich machte, seine Verantwortungsgefühle gegenüber Martinson zu ignorieren, ohne damit zugleich die Integrität seiner literarischen Ideale in Zweifel zu ziehen. Die Entscheidung, Margaret Martinson gegen besseres Wissen zu heiraten, beugte sich insofern nicht den als fragwürdig empfundenen Ansprüchen einer konformistischen Gesellschaft, sondern der Macht, mit der eine dem Ideal der Aufrichtigkeit verschriebene, als «Kritik des Lebens»[141] verstandene Literatur über Roths Biographie regierte. *Die Literatur hat mich in diese Situation hineingebracht*, so Peter Tarnopol, der sich in *Mein Leben als Mann* schließlich im nervenaufreibenden Chaos einer als klaustrophobisch empfundenen Ehe wiederfindet, *und die Literatur muß mir wieder heraushelfen. Meine Schriftstellerei*, so Roth in der «wahren Geschichte» seines Romans, *ist alles, was ich jetzt habe [...]*.

«Ach, heirate mich, Anne Frank»

In *Mein Leben als Mann* entlarvt Philip Roth die moralische Ernsthaftigkeit seines Protagonisten schon bald als Selbsttäuschung. Das Konzept der Sittlichkeit «Hoher Kunst», das Roth in den *Nützlichen Erfindungen*[142] seines nach eigenem Bekunden Mitte der sechziger Jahre begonnenen Romans verhandelt, erweist sich für Tarnopol letztlich als untaugliches Lebensmodell; der Versuch der literarischen Ich-Konstruktion scheitert an den einflussreichen Kräften einer unkontrollierbaren äußeren Realität, deren deterministischen Charakter Roth bereits 1960 in seinem zuerst an der Stanford University vorgetragenen Essay *Amerikanische Romane schreiben* hervorgehoben hatte. *[...] Der amerikanische Schriftsteller mitten im zwanzigsten Jahrhundert*, befand Roth, der im Spätsommer des Jahres von einem mehrmonatigen, durch ein Stipendium der Guggenheim Foundation ermöglichten Aufenthalt in England und Italien zurückgekehrt war, *hat alle Hände voll zu tun, wenn er einen Großteil der amerikanischen Realität verstehen, beschreiben und glaubhaft machen will. Sie verblödet, widert an, macht wütend und bringt einen sogar in eine gewisse Verlegenheit angesichts der eigenen, kläglichen Vorstellungskraft. Das Aktuelle übertrumpft beständig unser Talent, und die Kultur bringt beinahe täglich Gestalten hervor, die jeden Romancier vor Neid erblassen lassen.* Als Kritik an der in Roths Augen unzureichenden Auseinandersetzung der amerikanischen Gegenwartsliteratur mit einigen der *größeren sozialen und politischen Phänomenen unserer Zeit*[143] war *Amerikanische Romane schreiben* zugleich eine unmissverständliche Replik auf die Anfeindung seines Erzählungsbandes *Goodbye, Columbus*, der 1960 nach wie vor im Kreuzfeuer stand. Roths einzig der wahrhaften Darstellung von Wirklichkeit verpflichteter Moralbegriff, der dem in seinem Essay formulierten Literaturverständnis zugrunde liegt – einer Wirklichkeit, die in ihrer widersprüchlichen Vielfalt schwer zu handhaben ist und die «Anschauung vom Leben»[144], die Erfahrung des Schriftstellers, zum wesentlichen Maßstab der

Roth (rechts) mit Robert Lowell und Richard Ellmann nach der Verleihung des National Book Award für «Goodbye, Columbus» in New York, März 1960. Lowell wurde in der Kategorie Lyrik, Ellmann in der Kategorie Sachbuch ausgezeichnet.

künstlerischen Arbeit bestimmt –, ließ sich mit der Ethik der Kritiker, die in Roths Erzählungen ausschließlich den «Mysterien der ‹Absicht›»[145] nachspürten und ihn der *streitbarsten gesellschaftlichen Opposition meines Lebens*[146] aussetzten, kaum vereinbaren.

Goodbye, Columbus, für das Roth im März 1960 ein National Book Award, im Mai eine Auszeichnung des National Institute of Arts and Letters verliehen wurde, hatte sich in den Händen der nichtjüdischen Leserschaft schnell als willkommener «Baedeker […] durchs jüdische Leben»[147] erwiesen und verschaffte Roth das Ansehen «des ‹golden boy› seiner Generation von Schriftstellern»[148]. Doch obwohl ihn im Frühjahr 1960 auch der Jewish Book Council des National Jewish Welfare Board auszeichnete, ebbten die Vorwürfe konservativer Stimmen des amerikanischen Judentums nicht ab. Der von zahlreichen Lesern geäußerte Vorwurf antisemitischer Tendenzen, der Roth binnen kurzer Zeit den

Ruf eines sich selbst verachtenden Juden eintrug, der «dem jüdischen Volk irreparablen Schaden»[149] zufügte, kristallisierte sich dabei vor allem an den Erzählungen *Epstein* und *Verteidiger des Glaubens*. Roth wurde von seinen jüdischen Kritikern das Fehlen ebenjener Eigenschaften vorgeworfen, denen er sich in seiner Bewunderung der *heroischen literarischen Integrität* eines Lew Tolstoj, eines Henry James, Gustave Flaubert oder Thomas Mann selbst verschrieben hatte. *Das Letzte, womit ich rechnete, nachdem ich mich für diese Berufung entschieden hatte – für die Berufung –*, bemerkte Roth später, *war, dass man mir Herzlosigkeit, Rachsucht, Böswilligkeit und Verrat vorwarf.*[150] Das Letzte andererseits, das die Kunstrichter der jüdischen Eliten hinzunehmen gewillt waren, war der Mangel an Bündnistreue, den sie in Roths Erzählungen zu erkennen glaubten. «Hier und dort begegnet man Leuten», so Saul Bellow, der in seiner im «Commentary» erschienenen Rezension von *Goodbye, Columbus* den Grund für die Angriffe auf Roths Buch benannte, «die meinen, die Aufgabe eines jüdischen Schriftstellers in Amerika bestehe darin, Öffentlichkeitsarbeit zu leisten – alles, was an der jüdischen Gemeinde nett ist, breitzutreten und alles andere wegzulassen, aus Loyalität.»[151] Im Klima einer Zeit, in der die Massenvernichtung der europäischen Juden lediglich wie der Schatten eines fernen Gespensts auf dem nationalen Bewusstsein lag und die öffentliche Diskussion des Völkermords in den USA noch nicht eingesetzt hatte, war die Beschädigung des jüdischen Image – die «Vulgarisierungen der jüdischen Traditionen»[152], so der einflussreiche Rabbi David Seligson – für die um Konformität mit der offiziellen Politik der Eisenhower-Regierung bemühten Repräsentanten des amerikanischen Judentums eine Verantwortungslosigkeit von größter Brisanz.

1952 hatte die Übersetzung des zuvor von mehreren amerikanischen Verlagen abgelehnten Tagebuchs der Anne Frank Aufsehen und Betroffenheit erregt; die sentimentale Dramatisierung, die drei Jahre später den Broadway eroberte – die Herzen von *schluchzenden und untröstlichen Zuschauern*[153], wie Roth in seinem Roman *Der Ghost Writer* bemerkt –, verdrängte den Holocaust hinter die Bühne und zeigte Frank in der Rolle eines optimistischen «all-American girl» von nur zufällig jüdischer Identität. Als «Wahrzeichen der Vermeidung»[154], so die Schriftstellerin Cynthia Ozick, war das sensationell erfolgreiche, 1959 in Hollywood verfilmte Stück, das seinem Publikum die Identifikation mit dem Opfer ermöglichte, ohne die Realität der Massenvernichtung und die Schuld der Täter zur Sprache zu bringen, weniger ein Denkmal für die ermordeten Juden Europas als für das öffentliche Schweigen, mit dem das Amerika der Nachkriegszeit ihrer gedachte und grundlegende Studien wie Gerald Reitlingers «Die Endlösung» (1953) und Raul Hilbergs «Die Vernichtung der europäischen Juden» (1961) bereitwillig überging. In den 16 Jahren nach Ende des Zweiten Weltkriegs fiel der Völkermord, der von den amerikanischen Massenmedien bereits während des Kriegs «wie ein Ereignis von drittrangigem Nachrichtenwert»[155] behandelt worden war und seitdem im politischen Fallout Hiroshimas unterzugehen drohte, im Leben der USA kaum ins Gewicht. «Erst [...] nachdem ich 1959 Auschwitz besucht hatte», bekannte später Saul Bellow, der seit der Veröffentlichung von «Die Abenteuer des Augie March» zu den prominentesten jüdischen Intellektuellen des Landes zählte, «wurde mir der Holocaust in seinem ganzen Ausmaß bewußt.»[156]

> Und doch ist jede Projektion Anne Franks als eine zeitgenössische Figur eine gottlose Spekulation: sie manipuliert die Geschichte, die Realität, die tödliche Wahrheit.
> Cynthia Ozick:
> «Who Owns Anne Frank?»,
> in: Quarrel & Quandary, S. 75

Nicht nur die ältere Generation der politischen Linken verbarg das Wissen um den Holocaust im Privaten und ließ die Gaskammern in ihrer «zusammenfassenden Meinung über den Hitlerismus als ‹das letzte dekadente Stadium des Kapitalismus›»[157] unerwähnt, wie der Literaturkritiker Alfred Kazin bemerkte. Auch jüngere Intellektuelle schienen der systematischen Vernichtung der Juden nur geringe Bedeutung beizumessen oder waren über den verwirrenden Gefühlen der Befangenheit und Scham verstummt. So diskutierte das 1961 vom «Commentary» veranstaltete Symposium «Jewishness & the younger intellectuals», an dem auch Philip Roth teilnahm, zwar den Wandel des jüdischen Selbstverständnisses im Amerika der fünfziger Jahre und das Verhältnis der assimilierten «Kinder des ‹neokonservativen› Zeitalters»[158] zu Israel; ein allgemeines Erschrecken «angesichts des Unsagbaren»[159], Drängen nach Auseinandersetzung oder Bewältigung lässt sich den Antworten der insgesamt 31 Befragten jedoch ebenso wenig entnehmen wie die lediglich von einem der Teilnehmer mit Nachdruck vertretene Überzeugung, dass der Holocaust die Haltung der amerikanischen Juden «zur Frage der jüdischen Identität in gleichem Maße bestimmt wie die von überlebenden Juden irgendwo sonst»[160]. Dass Roth diese Meinung teilte, obwohl er sie mit größerer Zurückhaltung ansprach, geht aus seinem eigenen Symposiumsbeitrag deutlich hervor. Im Kontext einer Überlegung, die in der Ablehnung der christlichen Lehre – des *Mythos von Jesus als Christus*, in dem *alten und kraftvollen Unglauben* – die einzige wesentliche Gemeinsamkeit der säkularisierten Juden Amerikas sieht, wirkt zwar auch seine Anspielung auf den Völkermord distanziert und abgeklärt und legt die Vermutung nahe, dass Roth Anfang der sechziger Jahre in seiner Wahrnehmung des Holocaust ähnlich selbstfixiert war wie das Gros der assimilierten Juden Amerikas. *Egal wie viel Ehrfurcht und Trauer wir empfinden, wenn wir an den Bogen jüdischer Erfahrung denken, den Kreislauf von Vertreibung, Wanderschaft und Leid*, so Roth im auffälligen Gestus der Literarisierung, *die Geschichte eines Volkes ist letztlich seine Geschichte, und ihr Zweck ist es, uns einen Maßstab für unseren Platz in der Welt zu geben: wie es kam, dass wir hier sind und so handeln, wie wir es tun.*[161] Obwohl Roth in seinem unaufgeführten, Ende der fünfziger Jahre entstandenen Theaterstück *A Coffin in Egypt* den Versuch unternommen hatte, an den Figuren eines zum Bürgermeister ernannten Juden und eines Nazi-Obersten die prekäre Machtbalance im Ghetto von Wilna der Jahre 1941 bis 1943 darzustellen, und den Völkermord, wie Steven Milowitz in seinem Buch «Philip Roth Considered» bemerkt[162], direkt ansprach, war es das Bewusstsein einer unüberwindbaren Distanz, das Roths Verhältnis zu den europäischen Juden bestimmte und den Holocaust zu einem entlegenen Pharus von nicht zu übersehender Leuchtkraft machte, an dem er zunehmend sein Werk ausrichtete.

Bereits *The Day It Snowed*, Roths parabelhafte, 1954 in der «Chicago Review» veröffentlichte Kurzgeschichte über einen verängstigten Jungen, der den Tod älterer Verwandter aus der Perspektive seiner kindlichen Unschuld erlebt – *plötzlich*, so der erste Satz, *begannen Leute zu verschwinden*[163] –, weckt im Leser Gedanken an den nationalsozialistischen Terror. In der nur wenige Wochen nach Befreiung der Konzentrationslager Buchenwald und Bergen-Belsen in einem Armeelager in Missouri spielenden Story *Verteidiger des Glaubens* ist das Wissen um die «Endlösung» von der hintergründigen Präsenz eines Wasserzeichens. *«Genau das ist ja in Deutschland passiert»*, mahnt der auf seinen Vorteil bedachte Sheldon Grossbart, *«da haben sie nicht zusammengehalten. Sie haben sich rumstoßen lassen.»*[164] Während die *modernen Juden* von Woodenton in *Eli, der Fanatiker* den Massenmord ausblenden und die *ruhige Atmosphäre ihres häuslichen Glücks*[165] bedroht sehen, als ein emigrierter Holocaust-Überlebender im Habitus des orthodoxen Juden in ihrer assimilierten Vorortgemeinde auftaucht, weist Grossbart in *Verteidiger des Glaubens* voller Absicht darauf hin, dass *viele Millionen meiner jüdischen Brüder [...] dem Feind zum Opfer gefallen*[166] sind, und versucht dabei, den Holocaust für seine eigenen Zwecke zu instrumentalisieren. Als Apostel einer «hauptsächlich sentimentalen jüdischen Solidarität»[167], so Alfred Kazin, ist Grossbart das frühe Opfer einer ideologischen Aufrüstung des Holocaust, deren Diktat sich sein Vorgesetzter, Sergeant Nathan Marx, in *Verteidiger des Glaubens* ebenso zu widersetzen versucht wie später der dreiundzwanzigjährige Nathan Zuckerman, der in *Der Ghost Writer* gleichfalls gegen die Vereinnahmung durch die Erfahrungen des europäischen Judentums aufbegehrt. *Wir sind nicht die Unglücklichen von Belsen!*, empört sich Zuckerman, dessen als antisemitische Propaganda interpretierte Kurzgeschichte *«Höhere Erziehung»* bereits vor ihrer Veröffentlichung die Maßregelung durch einen der angesehensten Juden von Newark provoziert. *Wir waren doch nicht die Opfer dieses Verbrechens!*, ergänzt Zuckerman im Streit mit seiner verängstigten, um den guten Namen ihres scheinbar illoyalen Sohnes besorgten Mutter: *Ma, wenn du sehen willst, wie den Juden von Newark körperliche Gewalt angetan wird,* so die sarkastische Pointe von Zuckermans Apologie der grundlegend anderen, vom Schicksal des europäischen Judentums unberührten Erfahrungen der amerikanischen Juden, *dann geh in die Praxis des Schönheitschirurgen, wo die Frauen sich die Nasen richten lassen!*[168] Spricht *Verteidiger des Glaubens* mit der Auseinandersetzung zwischen den Figuren Grossbart und Marx bereits den Konflikt an, der sich schließlich an Roths Story entzünden sollte – *Keine Grenzen kennt Ihr Antisemitismus, gar keine!*[169], entgegnet Grossbart, nachdem Marx verhindert hat, dass er sich unter dem

Deckmantel der «jüdischen Solidarität» einer Versetzung an die pazifische Front entzieht –, so reflektiert *Der Ghost Writer* zwanzig Jahre später deren kontroverse Rezeption und übersetzt den Prozess der radikalen Selbstbehauptung, den Nathan Marx in *Verteidiger des Glaubens* durchläuft, in die literarischen Muster eines Künstlerromans. Wie Nathan Marx, so wendet sich auch Nathan Zuckerman gegen die Inszenierung einer kollektiven jüdischen Identität und überantwortet sich damit der Isolation. Wie Philip Roth, der in seiner geistigen Unabhängigkeit Anfang der sechziger Jahre längst den Wesenskern seiner künstlerischen Identität erkannt hatte – in der *Freude*, wie er bei der Verleihung des National Book Award sagte, *die den Schriftsteller erfüllt, wenn er menschlichem Erleben nachspürt, ohne sich an ein Dogma oder eine Erklärung gebunden zu fühlen [...]*[170] –, so verteidigt in *Der Ghost Writer* auch Nathan Zuckerman die Freiheit der Kunst gegen die schonungslosen Übergriffe auf seine Verantwortungs- und Pflichtgefühle. Dem repressiven Vorwurf, «Höhere Erziehung» sei *Wasser auf die Mühlen eines Julius Streicher oder eines Joseph Goebbels* und gefährde das Wohlergehen der ganzen Judenheit, begegnet Zuckerman denn auch mit einer weiteren Erfindung, deren Kühnheit die lediglich den Stereotypen jüdischer Selbstdarstellung widersprechenden Figurenzeichnungen in «Höhere Erziehung» bei weitem übertrifft: Indem er sich einbildet, die rätselhafte, offenbar aus Europa stammende Amy Bellette, die er im Haus des Schriftstellers E. I. Lonoff kennenlernt, sei in Wahrheit die den Todeslagern von Auschwitz und Bergen-Belsen entkommene Anne Frank, zerstört Zuckerman die Ikone des Holocaust, die *Kindermärtyrerin und Heilige*, die Frank in seinen Augen ist. Er immunisiert sie damit nicht nur gegen die Idolatrie und Ausbeutung im öffentlichen Diskurs über die Massenvernichtung, sondern schenkt Frank zugleich die Würde einer privaten Identität, um sich anschließend in einer von Roth mit beträchtlicher Ironie vorangetriebenen Zuspitzung dem aussichtslosen Traum von einer Hochzeit mit ihr hinzugeben. *Ach, heirate mich, Anne Frank*, so Zuckerman, der als Icherzähler von *Der Ghost Writer* Franks Geist schreibend heraufbeschwört und mit dem Gedanken spielt, sie zur Verteidigerin seiner Story «Höhere Erziehung» und zu einer Verbündeten gegen den Vorwurf der Verleumdung des Judentums zu machen, *entlaste mich vor meinen empörten Eltern von diesem aberwitzigen Vorwurf! Gleichgültig gegenüber jüdischem Überleben? Herzlos, was ihr Wohlergehen betrifft? Wer wagt es, den Mann von Anne Frank solcher gedankenlosen Vergehen zu bezichtigen?*[171] Roths in den siebziger Jahren entstandener Roman beschreibt dabei nicht nur Zuckermans Versuch der Befreiung und künstlerischen Selbstbehauptung, den er als Protagonist der beiden anderen Bücher der ersten Zuckerman-Trilogie vor dem zeitlich nahen, doch aus geographischer Distanz wahrgenommenen Hintergrund des Holocaust fortsetzt; die rückblickende Destruktion der *offiziell autorisierten und daher so tröstlichen Legende*[172], die sich das Amerika der späten fünfziger Jahre von der Ermordung der europäischen Juden erzählte, thematisiert darüber hinaus die grundsätzliche Schwierigkeit, so Aimee Pozorski, «die Fakten der Geschichte von der Fiktion des Lebens zu trennen»[173], und stellt damit schließlich auch die *neuen jüdischen Stereotype* in Frage, die sich in den USA zu etablieren begannen, als die öffentliche Wahrnehmung des aus dem Martyrium des Holocaust hervorgegangenen Judentums einem Wandel unterlag und populäre Schriftsteller wie Leon Uris oder Harry Golden die Klischees der amerikanisch-jüdischen «Opfer-Literatur» um die Darstellung des Juden als *kultureller Held* ergänzten. *Der hebräische Held auf der einen, der erfolgreiche Einwanderer auf der anderen Seite*, so Roth in einem am 7. März 1961 an der Loyola University, Chicago, gehaltenen Vortrag, in dem er die ethische Propaganda von «Exodus», Uris' 1958 veröffentlichter und sogleich zum Weltbestseller avancierten Saga über die Staatsgründung Israels, ebenso massiv attackierte wie Goldens sentimentale, millionenfach verkaufte Reminiszenzen an das ehemalige jüdische Ghetto der New Yorker Lower East Side: *[...] Es bringt nicht viel*, so Roth, *eine Simplifizierung mit einer anderen zu beantworten.*[174] Während Amerika wie gebannt vor den Fernsehgeräten saß und die verstörenden, von ABC ins ganze Land übertragenen Bilder des im April 1961 in Jerusalem eröffneten Strafprozesses gegen Adolf Eichmann verfolgte, hatte Philip Roth längst begonnen, seinen Anspruch einer differenzierten, nicht selten widersprüchlichen Darstellung amerikanisch-jüdischer Wirklichkeit einzulösen.

«Aber zivilisiert zu sein, das war der Traum seines Lebens»

Battle of Blood Island», die von Roger Corman finanzierte Verfilmung der zwei Jahre zuvor in «Esquire» veröffentlichten Kurzgeschichte *Expect the Vandals*, kam 1960 in die Kinos; im Oktober, nachdem Philip Roth und seine Frau aus Rom zurückgekehrt waren und sich in Iowa City niedergelassen hatten, lief «The Contest of Aaron Gold», eine Adaption von Roths gleichnamiger Story aus dem Jahr 1955, in der Fernsehserie «Alfred Hitchcock Presents». In Vietnam organisierten sich die Guerillakämpfer des kommunistischen Vietcongs unter dem Dach der «Nationalen Befreiungsfront von Süd-Vietnam», die schon bald immer größere Gebiete des von den USA protegierten Südens kontrollierte; Anfang November gewann John F. Kennedy mit knapper Mehrheit den Präsidentschaftswahlkampf gegen Richard Nixon und hielt im Januar 1961, als Roth am Writers' Workshop der State University of Iowa bereits seit mehreren Monaten Literatur und kreatives Schreiben lehrte, Einzug ins Weiße Haus. *Ich kam nach Iowa, um meinen Lebensunterhalt zu verdienen*, so Roth in seiner Ende 1962 in «Esquire» veröffentlichten Reportage über den Bundesstaat im Mittleren Westen der USA. Das Gefühl der Distanz zu Metropolen wie Chicago und New York, das er in Iowa City verspürte und schließlich in die Anfangskapitel seines Romans *Anderer Leute Sorgen* einarbeitete, schärfte nicht nur sein Bewusstsein für *Iowas Kleinheit angesichts der riesigen, ungeordneten Welt*, deren Nachrichten er auf den Seiten der mit mehreren Tagen Verspätung zugestellten «New York Times» verfolgte: *Die Kleinheit*, die Roth an der Peripherie der 34 000 Einwohner zählenden Stadt in die Augen stach, war vor allem *die eigene*.[175] In *Anderer Leute Sorgen*, seiner komplexen, mehr als sechshundert Seiten langen Improvisation über die Frage, «wie sehr sich der Einzelne dem Leben aussetzen soll»[176], konfrontiert Roth das narzisstische Selbst des Individuums zunehmend mit den Zwängen sozialer Verantwortung. *Damals hauste ich allein in einer kleinen Wohnung in der Nähe der Universität und hatte meine*

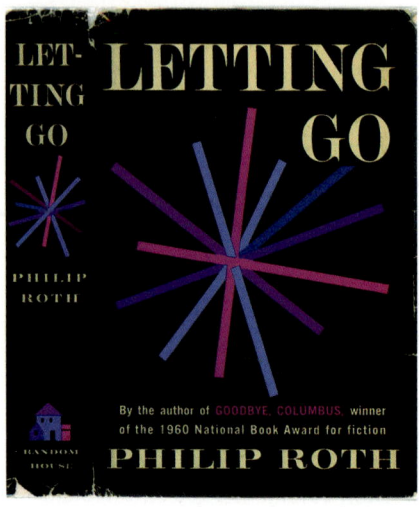

Schutzumschlag der amerikanischen Originalausgabe von «Letting Go» («Anderer Leute Sorgen»), Roths erstem Roman. Copyright © 1962 by Random House, Inc.

eigenen Sorgen, bemerkt Gabe Wallach, der sich zu Beginn des Romans im fernen Iowa den erdrückenden Einsamkeitsgefühlen seines verwitweten, in New York lebenden Vaters zu entziehen versucht. *Wenn er eine Verpflichtung fühlte, dann nur sich selbst gegenüber,* so auch Gabe Wallachs Alter Ego, der aus ärmeren Verhältnissen stammende Paul Herz, den Gabe im Herbst 1953 in Iowa kennenlernt. *[Paul] hatte schon bei seiner Geburt revoltiert und von der frühesten Kindheit an sein Leben unter eigener Flagge geführt.* Das Autonomiestreben beider Protagonisten, ihr von Philip Roth auf verschiedenen Handlungsebenen synchronisierter Ehrgeiz, *unseren Platz in dieser Welt, den wir als Männer zu beanspruchen haben,* so Gabe, *möglichst früh einzunehmen,* treibt sie dabei nicht in ein bindungsloses Dasein, wie es etwa Pauls Onkel Asher führt, ein gescheiterter Bohemien, der nicht fähig zu sein scheint, *sich als erwachsener Mensch in die Welt hinauszuwagen,* sondern in ein kompliziertes Netz von Beziehungen, in dem Gabes und Pauls Unabhängigkeitsideale bald ebenso auf die Probe gestellt werden wie ihr Vorsatz, sich den Anforderungen des Lebens auszusetzen und diesen mit Hingabe und Pflichtgefühl standzuhalten. Paul hat sich zu Beginn des Romans bereits in die Ehe mit Libby, einer empfindsamen, unerfahrenen Studentin, gestürzt, *nicht um aus ihr, sondern um aus sich selber einen besseren Menschen zu machen.* Gabe wiederum, dessen *einzige Beziehung zur Welt der Gefühle* längere Zeit *nicht die Welt selbst, sondern Henry James* gewesen war, versucht die Isolation, in der er zu erstarren droht, zu überwinden, indem er am konfliktträchtigen Leben von Paul und Libby Anteil nimmt, bis er sich vollends darin verstrickt und die Sorgen und Nöte des einsamen, von unerfüllten Träumen, von Ambitionen und unerfüllbaren Sehnsüchten beschwerten Paares zu seinen eigenen werden. Gabe fühlt sich zu Libby hingezogen, bevor er sich nach seinem Umzug ins weltoffene Chicago in die selbstbewusste Martha Reganhart verliebt, eine geschiedene Mutter von zwei Kindern, die Gabes Männlichkeit schon bald einer ernsthaften Prüfung unterzieht. Er verhilft Paul zu einer Dozentur an der University of Chicago, wo er selbst Englische Literatur unterrichtet, und hofft, den sich zunehmend als unfähig erweisenden Freund damit aus seiner ständigen Geldnot zu befreien und Paul und Libby *endlich Zutritt zum wirklichen Leben zu verschaffen*; er bemüht sich um eine Versöhnung zwischen Paul und seinem verbitterten Vater, der den Sohn nach seiner Heirat mit der katholischen, zum Judentum konvertierten Libby verstoßen hatte. Als ihn die seit einer Abtreibung gebärunfähige Libby zum Mittelsmann einer privaten, die Grenzen der Legalität strapazierenden Adoption macht, wird Gabe, der darauf bedacht ist, *weder anderen noch mir selbst Gewalt anzutun*, so sehr vom *verschlampten Leben*[177] der Herz vereinnahmt, dass er seine Unabhängigkeit am Ende nur noch zurückgewinnen kann, indem er mit aller Entschiedenheit gegen seine Überzeugungen handelt. *Das zentrale Problem ist eigentlich: «Wie weit soll man gehen? Wie weit soll man in das Leiden und die Irrtümer und die Fehler»,* sagen wir: *«in andere Leben eindringen?»*, so Philip Roth 1966 über seinen Roman, dessen wichtigstes Handlungsmotiv bereits in den Storys *Verteidiger des Glaubens* und *Eli, der Fanatiker* angelegt ist – in dem Konflikt zwischen dem verständnisvollen Sergeanten und seinem eigennützigen Untergebenen; in der Figur des assimilierten Juden Eli Peck, der in die Kleider und damit buchstäblich in das Leben eines orthodoxen Chassiden schlüpft – und eine der für Roths gesamte Arbeit charakteristischen, noch 2010 in *Nemesis* emphatisch aufgeworfenen Fragen stellt. *Und so kämpft sowohl der Held, Gabe Wallach, als auch der andere Held, Paul Herz, zwischen der Aufrechterhaltung einer Art authentischen Selbst und einem Gefühl der Distanz,* so Roth 1966. *Denn schließlich gibt es Grenzen für das, was man tun kann. Aber das Problem der beiden ist, zu bestimmen, wie viel man tun kann, wie viel man tun sollte, wie viel notwendig ist – um sich nicht nur voll und ganz menschlich oder voll und ganz zivilisiert zu fühlen, sondern männlich: um sich insgesamt als Mann zu fühlen.*[178] Als nuancierte Darstellung eines vom Konformismus der Eisenhower-Ära geprägten intellektuellen Milieus, in dem das «private Leben mit den sich freiwillig auferlegten Belastungen» nach Ansicht Theodore Solotaroffs «oft als Politik, Kunst und all die anderen Bereiche jugendlicher Erfahrung und jugendlichen Experiments zu dienen schien»[179], liefert *Anderer Leute Sorgen* ein präzises Abbild von Philip Roths eigenem Moralverständnis zu Beginn der sechziger Jahre und beleuchtet unter der Oberfläche einer zum Teil äußerst transparenten literarischen Folie die zunehmend strapaziösen Verstrickungen, denen Roth im Missstand seiner Ehe mit Margaret Martinson ausgesetzt war. *Ihr Leben war auf eine Weise kompliziert, das sich nicht durch den bloßen Lauf der Zeit würde entkomplizieren lassen,* so Gabe Wallach in *Anderer Leute Sorgen* über Martha Reganhart. *Da waren einmal die beiden kleinen Kinder. Wenn ich Martha liebte, mußte ich dann nicht auch ihre Kinder lieben? War ich dazu fähig? Wollte ich es wirklich?*[180] Während Roth seiner Frau half, vor Gericht das Sorgerecht für ihre zwei aus erster Ehe hervorgegangenen Kinder zu erstreiten und Martinson ihre zehnjährige Tochter kurz darauf nach Iowa holte – *ein gestörtes, liebes, gutwilliges, schlecht erzogenes, emotional mißbrauchtes Mädchen*[181] –, hatte er längst begonnen, sich ähnliche Fragen zu stellen.

> Eine der Hauptbeschäftigungen [...] schienen schwierige Ehen zu sein: Fast jeder, den ich kannte, war in einer eingesperrt. Diese Vorliebe für eine frühe Heirat und die Erziehung von Kindern oder für kaum weniger strapaziöse Affären pflegte das Vakuum einer Verpflichtung für kultivierte, doch nicht sonderlich gefestigte junge Paare auszufüllen und nährte einen ziemlich prätentiösen Moralismus aus Pflicht, Aufopferung, Heimtherapie, dem Experiment mit häuslichen Rollen [...], der Lösung von Problemen, der gegenseitigen Errettung.
>
> Theodore Solotaroff, in: Harold Bloom (Hg.), Philip Roth, S. 29

Roth sah sich als «Held, weil er diesem ‹einsamen Kind, das von seinem verantwortungslosen, psychopathischen Vater verlassen worden war› zu Hilfe gekommen war», so der New Yorker Psychoanalytiker Hans J. Kleinschmidt, bei dem sich Roth später einer mehrjährigen Therapie unterzog. Kleinschmidt, der die anonymisierte Fallgeschichte im Frühjahr 1967 in seinem in der Fachzeitschrift «American Imago» veröffentlichten Aufsatz «The An-

Philip Roth, 1962

gry Act: The Role of Aggression in Creativity» skizzierte, beschrieb Roths Verhältnis zu seiner Stieftochter als «ziemlich verwickelt» und vermutete, Roth benutze die Abhängigkeit des Kindes und seine eigenen Gewissensskrupel lediglich als «Vorwand für seine Unfähigkeit, eine Entscheidung bezüglich der Trennung zu treffen».[182] *In einer Ehe wie der unseren, die schon nicht mehr zu retten war, ehe sie überhaupt begonnen hatte,* so Roth im Rückblick seiner Autobiographie über das sich stetig verengende Beziehungsnetz, in dem er und die zum Judentum konvertierte Martinson 1961 beinahe ausweglos gefangen waren, *dienten die erbarmungswürdigen Bedürfnisse ihrer unglücklichen Kinder einfach nur dazu, die Kräfte neu zu mobilisieren, die uns schon anfangs auf solch verrückte Weise miteinander verbunden hatten. Mein katastrophal verworrenes, unerklärliches Gefühl, ihr gegenüber verpflichtet zu sein, wurde wieder einmal durch die Tatsache aktiviert, dass sie in ihrer chaotischen emotionalen Vergangen-*

heit gescheitert war.[183] Zwar wahrten Roth und Martinson nach wie vor das Bild einer intakten Ehe, zeitweilig gar das einer intakten Familie – in *Iowa: A Very Far Country Indeed*, seiner 1962 im «Esquire» veröffentlichten Reportage, schreibt Roth von *unserer Tochter*[184] –, doch tatsächlich brachte die Anwesenheit des Mädchens die kritische Balance der Ehe vollends aus dem Gleichgewicht und provozierte neue Demütigungen und Erniedrigungen. Im März 1962 reiste Roth in Begleitung seiner Frau nach New York, wo er an dem Symposium «A Study in Artistic Conscience: Conflict of Loyalties in Minority Writers of Fiction» an der Yeshiva University teilnahm und sich in dem *schmerzlichsten öffentlichen Meinungsaustausch meines Lebens*[185] abermals den Anfeindungen seiner jüdischen Kritiker ausgesetzt sah; wenige Monate später erschien *Anderer Leute Sorgen* im Verlag Random House. Nachdem sie ihre Tochter in dem Internat untergebracht hatte, das bereits ihr Sohn besuchte, begleitete Martinson ihren Mann nach Princeton, wo Roth ab September als bislang jüngster «Writer-in-Residence» in der Geschichte des renommierten «Creative Arts Program» der Universität kreatives Schreiben unterrichtete. Die «Angstzustände», an denen er zu leiden begann, als er Martinson Ende des Jahres in Princeton zurückließ und in ein Apartment im nahen Manhattan zog, waren nach Ansicht des auf die «Beziehung zwischen Kreativität und Psychoanalyse»[186] spezialisierten Kleinschmidt «ein Resultat seiner enormen Ambivalenz hinsichtlich der Trennung von seiner Frau»[187].

Wo ist der Zorn?, so Roth in der Maske Nathan Zuckermans, der am Ende von *Tatsachen* auch die Schilderung der Beziehung zu Margaret Martinson in Frage stellt und das gesamte Buch als *fiktionale autobiographische Projektion eines Teils Ihrer selbst* interpretiert: *Sie deuten an,* so Zuckerman zu Roth, für den die Gerichtskosten und die Unterhaltszahlungen, die er in den fünf Jahren seiner Trennung zu tragen hatte, eine erhebliche Belastung darstellten, *daß sich der Zorn erst nach [Margaret] entwickelt hat, als Folge ihrer abnorm destruktiven Possessivität und der Bestrafung, die Ihnen dann vor Gericht verabreicht wurde. Doch ich bezweifle, daß [Margaret] überhaupt in Ihr Leben getreten wäre, wenn es dort den Zorn nicht schon gegeben hätte.* Während Roth es bei dieser «Mutmaßung» beläßt und in *Tatsachen*, ähnlich wie in *Mein Leben als Sohn*, seinem anderen autobiographischen Buch, ein idealisiertes Selbstbild zeichnet, das *die überschwengliche Seite meiner Persönlichkeit*[188] weitgehend ausblendet und ihn darüber hinaus zum rebellierenden Gefangenen einer Frau macht, die sich nach der Trennung fünf Jahre lang weigerte, in eine Scheidung einzuwilligen, beleuchtete Kleinschmidt 1967 in «The Angry Act» am Beispiel seines Patienten das «Zusammenspiel von Narzissmus und Aggression» und sah Roths eigentliches Problem in «seiner Kastrationsangst vis-à-vis einer phallischen Mutterfigur». Nach Auffassung des 1913 im ostpreußischen Prostken geborenen Freudianers zahlte Roth in seiner Ehe den gleichen «Preis für Liebe», den er als ein von Verlassensängsten verfolgtes Kind an seine Mutter entrichtet hatte; und er vermied die «Konfrontation mit seinen Gefühlen von Zorn und seinen Bedürfnissen nach Abhängigkeit gegenüber seiner Frau», so Kleinschmidt, indem er sich «sexuell mit anderen Frauen auslebte. Er hatte dieses fast seit Beginn seiner Ehe getan. [...] Seine Art, schmerzliche Gefühle zu umgehen und jede echte Konfrontation mit emotionaler Realität zu vermeiden, war es schon immer gewesen, sowohl Zorn als auch Angst zu libidinisieren.»[189] Während Roth sich in seiner Autobiographie darüber ausschweigt, worüber er und *der Doktor denn sieben Jahre lang*[190] redeten, scheint die literarische Verarbeitung seiner Psychoanalyse in *Mein Leben als Mann* Rückschlüsse auf den kritischen Zustand zu erlauben, in dem Roth sich gegen Ende seiner *zweijährigen Fron in einer kinderlosen Ehe*[191] befand, zumal die Diagnose, die der Psychiater Otto Spielvogel seinem Patienten Peter Tarnopol in *Meine wahre Geschichte* stellt, dem zweiten Teil des 1974 veröffentlichten Romans, bis ins Detail mit Kleinschmidts Beurteilung von Roths Problemen übereinstimmt. *Was also*, fragt Tarnopol seinen Analytiker, *hatte mich zu einem so willigen – oder willenlosen – Opfer gemacht? Warum besaß ich nicht die Kraft oder zumindest den einfachen Überlebensinstinkt, sie [Maureen, seine Frau] zu verlassen, sobald offenbar wurde, daß es nicht mehr darum ging, sie vor ihren Katastrophen zu bewahren, sondern mich vor meinen?* Wie Kleinschmidt, so sieht auch Spielvogel die Antwort auf die Fragen seines Patienten in dessen Verhältnis zu seiner «*phallisch-bedrohlichen Mutterfigur* [...], *der ich [Tarnopol] mich aus Angst unterworfen und die ein Teil von mir insgeheim gehaßt hatte*, und interpretiert die Unfähigkeit, *den wildesten Szenen* seiner

Frau etwas entgegenzusetzen, als *Wiederholung eines alten «Traumas»*. *Sie haben nicht die Kontrolle über sich verloren – Sie sind unter Kontrolle*, bemerkt Spielvogel. *Unter Maureens Kontrolle. Sie ergießen Ihren Zorn überall. Nur nicht dort, wo er hingehört. Dort vergießen Sie Tränen.* Ähnlich wie Kleinschmidt, dessen Aufsatz unter dem Titel «*Kreativität: Der Narzißmus des Künstlers*» in *Mein Leben als Mann* eingearbeitet ist, hebt auch Spielvogel den *narzißtischen Abwehrmechanismus* seines Patienten hervor – den *extrem Narzißmus des Schriftstellers*, die *Tatsache*, so Spielvogel, *daß er sich mit so ungeheurer Aufmerksamkeit auf sich selbst konzentriere*[192] – und sieht in der Aggression die «Triebfeder», wie Kleinschmidt schreibt, «oder die unbewusste Motivationskraft eines kreativen Schubs. Sie kann dichterischen, literarischen, grafischen oder musikalischen Ausdruck finden und auf diese Weise das kanalisieren und auflösen, was andernfalls für das Ego unerträglich wäre. Die erfolgreiche Kanalisierung von Aggression in Kreativität stellt das Gleichgewicht innerhalb des Egos wieder her.»[193] Obwohl Tarnopols entschiedene Zurückweisung von Spielvogels Diagnose, die Klage, dass er in dem Aufsatz seines Analytikers keinen einzigen Satz finde, *der in meinen Augen nicht von schlechter Beobachtung, verfehlter Aussage und verschwommener Nuancierung* zeuge, die Vermutung nahelegt, dass Roth in Kleinschmidts «The Angry Act» gleichfalls nur eine willkürliche Verzerrung der Fakten sah, die *auf Kosten der vieldeutigen und verwirrenden Wirklichkeit eine beschränkte und nichtssagende Hypothese*[194] stützte, scheint Jeffrey Bermans Feststellung, dass nur wenige Schriftsteller in ihrem Werk «ein größeres Maß an narzisstischem Zorn ausstellen» als Philip Roth, Kleinschmidts Thesen zu stützen. «The Angry Act» ist nicht «Der Schlüssel zu allen Mythologien», das Buch, an dem sich Casaubon in George Eliots «Middlemarch» abmüht, so Berman in seinem 2007 erschienenen Essay «Revisiting Roth's Psychoanalysts», «aber er erschließt uns einige von Roths psychischen Geheimnissen.»[195] Ungeachtet Roths ironischer Apostrophierung Sigmund Freuds als *einflußreichster Mißdeuter imaginativer Literatur aller Zeiten*[196] und seiner in mehreren Romanen unverkennbaren Ablehnung der Freud'schen Lehre als das *primitivste ärztliche Rüstzeug*, wie es in *Die Anatomiestunde* heißt, *das diesen Burschen seit dem Tiegel mit Blutegeln hinterlassen worden ist,*[197] attestiert Berman den Darstellungen von Psychoanalytikern in Roths Werk ein hohes Maß an Authentizität und stimmt der Auffassung des Psychoanalyse-Historikers Peter L. Rudnytsky zu, der in dem 2005 veröffentlichten Aufsatz «*Goodbye, Columbus*: Roth's Portrait of the Narcissist as a Young Man» nicht nur Peter Tarnopols Probleme in *Mein Leben als Mann*, sondern die Probleme aller Verkörperungen des typischen Roth'schen Helden auf einen Mutterkomplex zurückführt.[198]

Sosehr sich diese psychoanalytische Lesart ohne den Rückhalt intimster biographischer Indizien zwangsläufig wie das von Tarnopol beklagte Zerrbild einer ungleich vielschichtigeren Wahrheit ausnimmt: Das Psychogramm, das Roths zweite Ehefrau, die englische Schauspielerin Claire Bloom, in ihren 1996 veröffentlichten Memoiren von Philip Roth zeichnet, scheint sie zu rechtfertigen und damit auch Hans J. Kleinschmidts Hypothesen zu erhärten. «Unter Roths brillantem Einfallsreichtum, seiner diamantscharfen Beobachtung verbarg sich ein tiefer und unbändiger Zorn», so Bloom, die hinter der literarischen Folie von *Mein Leben als Mann* die deutlichen Konturen von Roths Naturell und seiner Beziehung zu Margaret Martinson zu erkennen meint: «Zorn, in einer Ehe gefangen zu sein; Angst, die Autonomie aufzugeben; und ein profundes Misstrauen in die sexuelle Kraft von Frauen.»

Bloom sieht in der blonden, blauäugigen Martinson Roths «größte Schickse aller Zeiten», die erste «in einer langen Parade von Frauen, über die er seine beträchtliche Macht ausübte, sie durch sein Schreiben zu transformieren», die «archetypische Schickse»[199], *eine schlanke Blondine mit großen Titten*[200], wie es noch 2000 in *Der menschliche Makel* heißt, deren Verwurzelung in der nichtjüdischen Exotik des von einer christlichen Ethik geprägten Amerika Roth Mitte der sechziger Jahre in *Lucy Nelson oder Die Moral* beschreibt. Die Ursprünge seines zweiten Romans gehen auf Roths zwischen 1959 und 1962 unternommenen Besuche bei der Familie seiner Frau im Mittleren Westen der USA zurück – auf die von Martinson verbreitete *Legende ihres Aufwachsens, ihres Heranreifens und ihrer ersten Ehe*[201], deren Charakter Roth in der Fiktion seines weitgehend in den späten vierziger Jahren in einer imaginären Kleinstadt in Illinois oder Michigan spielenden Romans bewahrt. *Lucy Nelson oder Die Moral* ist eine «amerikanische Tragödie» von starker Kleist'scher Färbung, eine pessimistische, dem dunklen Naturalismus einer Willa Cather oder eines Theodore Dreiser verpflichtete Familiensaga, in der Roth das unnachgiebige Bemühen seiner jungen, von einer *vorzeitigen feministischen Wut*[202] und einem obsessiven und letztlich selbstzerstörerischen Moralverständnis getriebenen Protagonistin beschreibt, sich gegen die Pflichtvergessenheit ihres alkoholkranken Vaters, gegen das Dilemma ihrer Herkunft und die Labilität des Mannes, den sie schließlich heiratet, zu behaupten und *Autorität über das eigene Leben auszuüben*[203].

Was bei Erscheinen im Frühjahr 1967 von Teilen der Kritik als Roths Anstrengung gedeutet wurde, seine jüdische Identität abzustreifen, aus dem «engen Areal des städtischen und vorstädtischen jüdischen Lebens auszubrechen»[204], um sich mit einer Erzählung aus der Mitte der USA in den Mainstream der amerikanischen Kultur einzuschreiben, wirkt aus biographischer Sicht eher wie Roths eigener Versuch, die Autorität über sein Leben zurückzugewinnen und sich *von dem erzählerischen Zauber* zu befreien, den ihm Martinson, von der er 1963 rechtlich getrennt wurde, mit ihrer Selbstdarstellung als wehrloses Opfer männlicher Verantwortungslosigkeit auferlegt hatte. *Ich wollte ihre Macht über mich exorzieren, indem ich diese Kraft an den Ort ihres Ursprungs zurückversetzte und von dort aus den lebensgeschichtlichen Prägungen durch Unrecht und Enttäuschung in allen Einzelheiten nachspürte*[205], so Roth, der 1963 bereits an *The Jewboy* arbeitete, einer unbefriedigenden, nach etwa zweihundert Seiten schließlich abgebrochenen Erzählung aus dem Newark seiner Kindheit. Erst nachdem er mit *Lucy Nelson oder Die Moral* den *Gegendruck des grenzenlosen Anti-Du* exorziert hatte, das rätselhafte Faszinosum von Martinsons prekärem Gegenleben, das seinen *mächtigen und schätzenswerten jungen Willen in etwas von der Größe und Stärke einer Elritze*[206] verwandelt hatte, gelang es Philip Roth, auch die eigene erzählerische Kraft an den Ort ihres Ursprungs zurückzuversetzen. Roth musste die erzählerische Kraft seiner Nemesis bezwingen, um in seinem nächsten Roman auf schamlose, von allen Zwängen der *Hypermoralität*[207] befreite Weise den obszönen Details der eigenen lebensgeschichtlichen Prägungen nachspüren zu können.

«Die Gesellschaft soll mich am Arsch lecken, du Polyp!»

Im Juni 1963 nahm Roth in Jerusalem und Tel Aviv an einer Diskussionsveranstaltung mit israelischen Schriftstellern und Intellektuellen teil. Während seines etwa einmonatigen Besuchs in dem *zionistischen Labor für jüdische Selbstexperimente, das sich «Israel» nennt*[208], wie es später in *Gegenleben* heißt, überprüfte er sein unideologisches Selbstbewusstsein als amerikanischer Jude unter anderem bei einer Begegnung mit Premierminister Ben-Gurion. Im südvietnamesischen Saigon setzte sich der buddhistische Mönch Thich Quang Duc in Brand, um gegen die Unterdrückung durch das antikommunistische, von den USA unterstützte Regime Ngo Dinh Diems zu protestieren; am 26. Juni hielt John F. Kennedy vor dem Rathaus Schöneberg seine berühmte Berliner Rede. Ende August führte Martin Luther King die Bürgerrechtsbewegung mit dem «Marsch auf Washington» zu einem ihrer ent-

Roth (2. v. l.) während seines ersten Aufenthalts in Israel bei einem Empfang des Premierministers David Ben-Gurion, 1963

scheidenden Höhepunkte. Während King in der Hauptstadt vor 250 000 Menschen den «American Dream» des schwarzen Amerika verkündete, sah man in Roths Heimatstadt Newark bereits voller Zuversicht dem bevorstehenden, mit einer Reihe ambitionierter städtebaulicher Erneuerungen gefeierten 300. Jahrestag der Gründung entgegen. Kennedys Ermordung am 22. November zerstörte das verklärte Bild eines amerikanischen Camelot, Amerikas charismatischen Traum von der eigenen Unverwundbarkeit, und leitete jene *entmythologisierende Dekade* ein, die nach Philip Roths Auffassung Amerikas *Legende von Glamour, Macht und Rechtschaffenheit vollständig auf den Kopf* stellte.

Ich meine damit, daß sich vieles von dem, was zuvor [...] für schimpflich und widerlich gehalten wurde, nun, ob verhaßt oder nicht, ins nationale Bewußtsein drängte, so Roth, der in dem von Lee Harvey Oswalds Schüssen aufgeschreckten und nach der Bombardierung Nordvietnams im März 1965 gespaltenen und revoltierenden Amerika den naiven Patriotismus der unter Roosevelts Kriegspropaganda aufgewachsenen Generation vollends überwand und seine in der McCarthy-Ära begonnene Politisierung radikalisierte. *Was man über jeden Tadel erhaben geglaubt hatte, wurde Ziel blasphemischer Attacken; was man für unzerstörbar und undurchdringlich in der wahren Natur des Amerikanischen selbst gehalten hatte, zerbröckelte über Nacht und brach zusammen. Es war ein enormer Schock für die ganze Gesellschaft [...].* Roth und seine Kommilitonen hatten zu Studienzeiten als «*stumme*» *Generation*[209] gegolten, als eine Generation von Amerikanern, die wie die Titelfigur aus *Lucy Nelson oder Die Moral*, wie Marcus Messner, der Protagonist aus Roths 2008 erschienenem Roman *Empörung*, in jenem vom «eklen Gestank der Angst» erfüllten Klima des «Konformismus und der Depression» gefangen war, welches Norman Mailer zufolge das Amerika der Nachkriegszeit zu einem «kollektiven Versagen des Mutes» verdammt hatte. «Man konnte kaum noch den Mut aufbringen, ein Individuum zu sein, mit seiner eigenen Stimme zu sprechen [...]»[210], so Mailer in seinem 1957 veröffentlichten Essay «Der weiße Neger». In der anschwellenden revolutionären Polyphonie der sechziger Jahre versuchte schließlich auch diese Generation, sich aus der *Zwangsjacke* zu befreien, in die sie aufs *schmählichste durch Frömmeleien, Phantasien und Wertvorstellun-*

Vietnamkrieg, 1968

gen[211] eingebunden war, und mit ihr suchte auch Roth, der ab 1965 an der University of Pennsylvania jährlich ein Semester lang Vergleichende Literaturwissenschaft unterrichtete, nach einer neuen, von der Dynamik der Zeit erfüllten Stimme, die seiner eigenen Erregung Gehör verschaffen würde: *[...] eine vierte Stimme, eine Stimme, die nicht so buchgebunden war wie die Stimme von «Goodbye, Columbus», «Anderer Leute Sorgen»* oder *«Lucy Nelson oder Die Moral»*, so Roth, der sich dem New York der sechziger Jahre, der irritierenden, mitreißenden Vitalität dieser im Brennpunkt der amerikanischen Wirklichkeit liegenden Stadt so verbunden fühlte wie Jahrzehnte zuvor dem Newark seiner Kindheit. *Hinter jedem Buch gibt es etwas, zu dem keine Verbindung zu bestehen scheint, etwas für den Leser Unsichtbares, das den ersten Impuls im Schriftsteller freisetzt*, so Roth, der über Lyndon B. Johnsons aggressive Vietnam-Politik zunehmend beunruhigt war und an Protestmärschen und Demonstrationen gegen den Krieg in Vietnam und die sich in der zweiten Hälfte der sechziger Jahre bereits ankündigende Apokalypse schließlich ebenso teilnahm wie an Truman Capotes frivolem, 1966 im New Yorker Plaza Hotel abgehaltenen Maskenball, den Roth gemeinsam mit seiner jetzigen Lebensgefährtin Ann Mudge besuchte. *Ich denke an die Wut und die Aufsässigkeit, die damals gleichsam in der Luft lagen, an die lebhaften Beispiele von wütendem Widerstand und hysterischer Opposition, die ich um mich herum erlebte.*[212] Die schamlose Entrüstung, die *Portnoys Beschwerden* auszeichnet, Roths im Februar 1969 erschienenen Roman über den jüdischen *Raskolnikow des Wichsens*[213], ist nicht zuletzt der Widerhall eines Protests, der *jede geheiligte Regel des gesellschaftlichen Anstands allmählich in Frage stellte*[214] und sich zunehmend über ganz Amerika ergoss.

Auch hatte ich mich von den früheren Büchern eingeschränkt gefühlt. Es handelte sich bei ihnen in gewisser Weise um dekorative Bücher, um höfliche Bücher, so Roth, der dem 1964 in Gestalt eines unausgearbeiteten Theaterstücks für das American Place Theatre abermals verworfenen Stoff von *The Jewboy* das lebhafte Timbre einer angriffslustigen Exaltiertheit einzuschreiben versuchte, das nicht nur die Energie der politischen Realität in sich aufnahm, sondern zugleich so privat und persönlich war, wie einst die ausgelassene Stimme des Heranwachsenden, der in Syd's Hot-Dog-Restaurant an Newarks Chancellor Avenue mit seinen Freunden hemmungslose Wortduelle ausfocht. *Ich hatte sehr viel in literarische Ernsthaftigkeit investiert, das tue ich noch immer*, so Roth 2009 über den befreienden Stilbruch, den *Portnoys Beschwerden* in seinem Werk markiert und dessen Erschütterungen noch in dem Jahrzehnte später erschienenen *Sabbaths Theater* spürbar sind. *Aber ich hatte geglaubt, ich müsse ernst sein, um ernsthaft zu sein. Dann fand ich heraus, dass ich komisch sein konnte, um ernsthaft zu sein.*[215]

«Schlecht zu sein und komisch zu sein war für Roths Begriffe ziemlich das Gleiche», so der Kulturkritiker Albert Goldman, der Roth Mitte der sechziger Jahre kennengelernt hatte und zu den ersten Lesern von *Portnoys Beschwerden* gehörte. Goldman sah in dem ungezügelten Monolog, in dem sich der dreiunddreißigjährige, in Jersey City und Newark aufgewachsene Rechtsanwalt Alexander Portnoy auf der Couch des Psychiaters Otto Spielvogel über die ihm durch seine jüdische Herkunft und die erdrückende elterliche Fürsorge auferlegten Zwänge empört, über die komplizierten Schuldgefühle, die Portnoys sexuelle Begierden geißeln und sein Leben zur gehemmten Pointe eines *jüdischen Witzes*[216] machen, nicht nur den Ausdruck von Roths eigener «moralischer Obsession»; Portnoys auswegloser, auf grelle Satire und beißenden Humor zugespitzter «Kampf [...], alle Spuren des Moralis-

Roth vor Erscheinen von «Portnoys Beschwerden» in Newark, 1968

mus zu tilgen und ein Leben schuldloser Selbstbeglückung zu führen», war für Goldman zugleich die «endgültige Perfektion [...] der humoristischen Kunst dieses jüdischen Jahrzehnts»,²¹⁷ das von Stand-up-Comedians wie Mort Sahl, Lenny Bruce oder dem Duo Nichols & May – den 1959 in der Zeitschrift «Time» als «Sickniks» apostrophierten «kranken» Komikern ²¹⁸ – in Nachtclubs von San Francisco, Manhattan und Chicago eingeläutet worden war und sich in den sechziger Jahren mit Romanen wie Joseph Hellers «Catch-22» oder Bruce Jay Friedmans «A Mother's Kisses» auch in der Literatur fortsetzte. Roths Buch, so Goldman, kombiniere in «seiner unwiderstehlichen Komik alle Ressourcen der Tradition».²¹⁹

Obwohl Roth den Einfluss jüdischer Stand-up-Comedians wie Lenny Bruce auf *Portnoys Beschwerden* bereits bei Erscheinen des Romans zurückwies und im Interview mit der «New York Times Book Review» sagte, er sei *stärker von einem «Sit-down»-Komiker namens Franz Kafka und seiner sehr lustigen Nummer namens «Die Verwandlung» beeinflusst* ²²⁰, hatte ihm die bahnbrechende Explosivität des 1966 verstorbenen Bruce und die Ernsthaftigkeit eines obszönen gesellschaftskritischen Humors, der das Recht auf freie

Rede bis zum Äußersten strapazierte, doch auch Gelegenheit geboten, die eigenen Vorstellungen von literarischer Schicklichkeit abzustreifen, die durch seriöse erotische Romane wie Vladimir Nabokovs «Lolita» (1955) oder Henry Millers in den USA bis 1961 indizierten und erst 1964 durch ein Urteil des Obersten Gerichtshofes vom Vorwurf der Obszönität befreiten «Wendekreis des Krebses» längst nicht ausgereizt waren. Ähnlich wie David Kepesh, Roths libidinöser Literaturwissenschaftler, der sich in dem 2001 erschienenen Roman *Das sterbende Tier* an jene *Wilden Mädchen* erinnert, *die im Curriculum der sechziger Jahre zu der ersten Welle amerikanischer Frauen gehörten, die ganz und gar ihrem eigenen Begehren folgten* und dem 1930 geborenen Kepesh ermöglichten, im Kielwasser der gesellschaftlichen Veränderungen seine *eigene Revolution zu verwirklichen*, erkannte auch Roth die Gunst der Stunde und nutzte den blasphemischen Pioniergeist der «Sickniks», um seine eigene *Sechziger-Jahre-Erlösung*[221] herbeizuführen. So wie Kepesh sich von den «Wilden Mädchen» der sexuellen Revolution mitreißen ließ, um der Enge einer unglücklichen Ehe zu entkommen, folgte Roth der nicht minder freizügigen Avantgarde eines Lenny Bruce, um in der im April 1967 in «Esquire» veröffentlichten Story *A Jewish Patient Begins His Analysis* und dem daraus hervorgegangenen Roman den aggressiven, bislang von der Seriosität seiner höheren Bildung gezügelten Witz zu entfesseln, dessen ordinäre Vitalität ihn faszinierte, seitdem er als Kind in Newark das auf Vaudeville und Burleske spezialisierte Empire Theatre besucht oder zu Hause einem Freund seines Bruders applaudiert hatte, einem *schamlosen jüdischen Wohnzimmerclown, dessen zotige Geschichten über Scheitern und Konfusion in Sachen Sex mir in früher Jugend halfen, die Welt des Sinnlichen ein wenig zu entmythologisieren*[222]. Der Triebhaftigkeit seiner eigenen Frivolität, dem Eros eines anstößigen, derben Humors hatte sich Roth bis zur Veröffentlichung von *Portnoys Beschwerden* nur im Privaten hingegeben.

«Philip Roth [...] war schon Jahre vor der Veröffentlichung von *Portnoys Beschwerden* ein unglaublich witziger Mensch»[223], so Albert Goldman, dem zufolge sich Roth «um ein Vielfaches witziger» einschätzte als den wiederholt der Obszönität angeklagten Lenny Bruce. «Er ließ auf Partys seine Freunde vor Lachen platzen, hob in Gesprächen zu großartigen Phantasien ab, ahmte alle möglichen Stimmen und Dialekte nach, probte alte Radio-Shows, bewies ganz genau das gleiche Gespür für Timing, Versmaß und Vortragsweise wie jeder professionelle Komiker»[224], so Goldman weiter. «Während unserer Witzgelage kappte Phil die Seile seiner Begabung für genaues Nachäffen, Timing, Suspense und Bildsprache und wurde davongetragen – oder besser, davongespült – in ein wildes dunkles Meer der Vulgarität und Obszönität, so weit hinaus und besessen wie Lenny Bruce persönlich», so Theodore Solotaroff, der im September 1967 in der «New American Review» einen der Vorabdrucke aus *Portnoys Beschwerden* veröffentlichte, die in jenem von der Hippiebewegung als «Summer of Love» gefeierten Sommer, als ein Funke der 1965 im schwarzen Ghetto von Los Angeles entbrannten Rassenunruhen auch auf Newark übersprang und die Stadt für mehrere Tage in einen kriegsähnlichen Zustand versetzte, auf die Explosivität von Roths neuem Roman hindeuteten. «Wie jeder wusste, nahm Bruce Heroin, um sich über seine Hemmungen hinwegzusprengen, während der akribische Roth nicht einmal Zigaretten rauchte», so Solotaroff, der in seinen 2003 erschienenen Memoiren die «anhaltenden Transaktionen zwischen Roths Engel der Genauigkeit und seinem Dämon der Maßlosigkeit»[225] beschreibt.

Es ist dieser Kampf zwischen Engel und Dämon, die Dialektik von Anstand und Anstößigkeit, die mit *Portnoys Beschwerden* in Roths Werk eruptierte und jene Energie freisetzte, die noch die bedeutenden Romane seines Spätwerks erfüllt. Die widersprüchliche Figur eines Erzählers, der seinem Moralverständnis in einem wortgewaltigen Aufschrei mit der Stimme purer Obszönität Gehör verschafft, scheint dabei nicht nur den in der Geschichte der amerikanischen Literatur verwurzelten Disput zweier unversöhnlicher Schriftstellertem-

> Der typische amerikanische Schriftsteller hat sich bislang als unfähig erwiesen, dem Schandfleck der Einseitigkeit zu entkommen: die vollentwickelte Kontrolle zu erringen, die das Gleichgewicht von Impuls und Feingefühl, von natürlicher Kraft und philosophischer Tiefe erlaubt. Denn die Abspaltung von Geist und Erfahrung hat gestutzte Kunstwerke hervorgebracht, Werke, die dazu neigen, entweder naiv und unsortiert zu sein, flache Reproduktionen des Lebens, oder Produkte einer Kultivierung, die abstrakt bleiben, weil sie keine Anzeichen der sinnlichen und materiellen Welt aufzeigen.
> Philip Rahv: «Paleface and Redskin», 1939, in: Literature and the Sixth Sense, S. 3

peramente in sich auszutragen, dessen Ursprünge Philip Rahv in seinem Essay «Paleface and Redskin» (1939) in einer tiefen «Zerrissenheit der amerikanischen Kreativität»[226] lokalisiert: In dem von Dr. Spielvogel als *«Portnoy'sche Beschwerden»* bezeichneten *abnormen Zustand mentaler Verwirrung, in dem tiefempfundene ethische und altruistische Impulse mit extremen sexuellen Begierden, oftmals perverser Natur, in ständigem Widerstreit liegen*[227], manifestiert sich schließlich auch die Krankengeschichte einer in den sechziger Jahren aus den Fugen gegangenen Nation. «Mit jedem Tag treibt sich der durchschnittliche Amerikaner selbst tiefer in die Schizophrenie, denn er glaubt an zwei widerstreitende Prinzipien, die viel grundsätzlicher voneinander getrennt sind, als das jemals in der Vergangenheit des Christentums der Fall war», so Norman Mailer in «Heere aus der Nacht», seiner Reportage über den im Oktober 1967 vor dem Pentagon eskalierenden Massenprotest gegen den Vietnamkrieg. Im April 1968, als unter dem Freud'schen Titel *Civilization and Its Discontents* in der «New American Review» ein letzter Vorabdruck aus *Portnoys Beschwerden* erschien, wurde in Memphis Martin Luther King erschossen. Im Mai starb Margaret Martinson bei einem Autounfall in New York; im Juni fiel Robert Kennedy, der im Vorwahlkampf der Demokraten um das Präsidentenamt gegen den von Philip Roth unterstützten Eugene McCarthy angetreten war, in Los Angeles einem Attentat zum Opfer. Als Richard Nixon im November 1968 zum Präsidenten gewählt wurde, um den aussichtslosen Krieg in Vietnam zu beenden, hatten 40 000 der mehr als 500 000 in Vietnam stationierten amerikanischen Soldaten ihr Leben verloren. «So tief war das Land inzwischen in diese Krankheit verstrickt, daß die üblen Brutalitäten des Krieges in Vietnam als einzige […] Medizin übrigblieben», so Mailer, der in «Heere aus der Nacht» die Gespaltenheit einer zwischen dem christlichen Mysterium und dem Materialismus des Big Business,

> Irgendwie muß dieser Wahnsinn ein Ende finden. Wir müssen aufhören, jetzt. Ich spreche als Gottes Kind und Bruder der leidenden Armen in Vietnam. Ich spreche für die, deren Land verwüstet wird, deren Häuser zerstört werden, deren Kultur unterwandert wird. Ich spreche für die Armen in Amerika, die den doppelten Preis zahlen: für zerstörte Hoffnungen zu Hause und für den Tod und Korruption in Vietnam.
> Martin Luther King, 1967, in: Howard Zinn: Eine Geschichte des amerikanischen Volkes, S. 474

zwischen «Nächstenliebe und Machtgier» zerrissenen Gesellschaft analysiert. «Denn Brutalität verschafft bekanntlicherweise dem Schizophrenie-Erkrankten spürbare momentane Erleichterung. Und deshalb liebt der durchschnittliche, gut christliche Amerikaner insgeheim den Krieg in Vietnam, denn er öffnet die Schleusen seiner aufgestauten Gefühle.»[228] Als «Heiland und Sündenbock der Sechziger» war Alexander Portnoy, der voller Scham und Schuld davon träumt, den Dualismus von Geist und Körper aufzuheben und *durch Ficken Amerika* zu *erobern*[229], nicht nur dazu bestimmt, «im christologischen Alter von 33 Jahren alle Sünden des sexuell besessenen modernen Mannes auf sich zu nehmen und in einer tragikomischen Kreuzigung zu sühnen»[230], wie Albert Goldman im Februar 1969 schrieb: In dem durchdringenden, die konfessionellen und ethnischen Grenzen sprengenden Schrei, mit dem sich Roths Erzähler am Ende von *Portnoys Beschwerden* als Nachfahre der um Erlösung ringenden Persona aus Allen Ginsbergs visionärem Gedicht «Das Geheul» (1956) zu erkennen gibt, entlud sich zugleich die Verzweiflung der gesamten Nation.

«Was das Amerika Johnny Carsons jetzt von mir denkt»

Die tägliche Zeitungslektüre erregt in uns Verwunderung und Staunen (Ist dies möglich? Geschieht dies tatsächlich?), ebenso aber auch Übelkeit und Verzweiflung, so Roth in *Amerikanische Romane schreiben*: *Die Schiebereien und Skandale, der Wahn und die Idiotie, die Frömmelei, die Lügen, der Lärm.*[231] Die Veröffentlichung von *Portnoys Beschwerden* drängte Roth schließlich selbst ins Licht einer als vulgär und unwirklich empfundenen amerikanischen Öffentlichkeit, der er sich am Ende des Jahrzehnts so wenig zugehörig fühlte wie bei Erscheinen seines Essays 1960. *Fremd geworden in Amerika, fremd gegenüber seinen Vergnügungen und Interessen – so sahen außer mir auch viele andere junge Menschen ihre Lage in den fünfziger Jahren. Ein vollkommen ehrenwerter Standpunkt,* so Roth im Rückblick 1984 über den Idealismus seiner Generation, die sich in ihrer Jugend *gegen die erste große Welle von Nachkriegsmedienmüll* gestemmt hatte. *Wie sollten wir auch ahnen, dass die kleinbürgerliche Ignoranz, der wir so gern den Rücken gekehrt hätten, zwanzig Jahre später das ganze Land wie die Camussche Pest infiziert haben würde.*[232]

Zwar hatten die politischen Protestbewegungen der sechziger Jahre den gesellschaftlichen Konformismus der Nachkriegszeit aufgebrochen; 1969 hatte sich die in den fünfziger Jahren von der Avantgarde der «Beat Generation» angestoßene Gegenkultur, in der sich östliche Mystik mit dem amerikanischen Utopismus eines Walt Whitman und Henry David Thoreau verband, jedoch längst zu einer weitgehend geschlossenen Bewegung formiert, die in ihrem Lager der polarisierten Gesellschaft eine neue Form von Konsens herausgebildet hatte und sich ebenso erfolgreich kommerzialisieren ließ wie der Mainstream der Mehrheitskultur. An den Kinokassen waren Filme des New Hollywood, darunter George Roy Hills «Butch Cassidy and the Sundance Kid», John Schlesingers «Asphalt-Cowboy» und Dennis Hoppers «Easy Rider», 1969 ungleich lukrativer als Filme, die wie Gene Kellys Musical «Hello, Dolly!» einem vergangenen Zeitgeist nachhingen. Mit Marvin Gayes «I Heard It Through the Grapevine» stand Anfang 1969 «der Sound des jungen Amerika» – so der Slogan des Ende der fünfziger Jahre in Detroit gegründeten Soul-Labels Motown – auch an der Spitze der Single-Charts. «Es war keine Revolution», schreibt Godfrey Hodgson in seiner Sozialgeschichte «America in Our Time» über die Degeneration der politischen Gegenkultur zu einem von der «ödipalen Feindseligkeit gegenüber der Elterngeneration geleiteten Jugendkult: Es war lediglich Showbusiness.» [233]

Ende der sechziger Jahre war die im Zuge des ökonomischen Aufschwungs der Nachkriegszeit etablierte Kommerzkultur längst in alle Bereiche der Gesellschaft vorgedrungen und kam in den Ikonen der Pop-Art ebenso zum Ausdruck wie in den Bildern der im Sommer 1969 mit der Mondlandung und den Morden der Manson Family Auflage oder Quote erzielenden Massenmedien, die auch *Portnoys Beschwerden* absorbierten und Roth in der härtesten Währung ihrer trivialen Rhetorik auszahlten. *Ein Star zu werden bedeutet, daß man zu einem Markennamen wird,* so Roth, der den amerikanischen Celebrity-Kult bereits in einem unveröffentlichten Monolog über die Genitalien prominenter Schauspieler und Politiker persifliert hatte und 1969 allein schon aufgrund des für *Portnoys Beschwerden* gezahlten Vorschusses von 250 000 Dollar sowie seines lukrativen Verkaufs der Film- und Taschenbuchrechte die Phantasie der Medien anregte. *Es gibt Niveacreme, Kelloggs Cornflakes, und es gibt Philip Roth. Nivea ist die sanfte Creme, Kelloggs Cornflakes sind knackig, knusprig, nussig, und Philip Roth ist der Jude, der mit einem Stück Leber onaniert.* [234]

Nachdem die auszugsweisen Vorabdrucke *Portnoys Beschwerden* Kultstatus verliehen hatten und laut Albert Goldman «auf gehobenen Dinnerpartys von Hand zu Hand gingen, damit jeder daraus vorlesen konnte», verkaufte Random House allein in den ersten zehn Wochen mehr als 200 000 Exemplare des Romans. «Bald wird er in jede Vene der heutigen Kultur gespritzt werden: als Hardcover, als Taschenbuch, als Buchclub-Ausgabe, als fremdsprachige Übersetzung und als amerikanischer Film», so Goldman in einer Anfang 1969 in «Life» erschienenen Reportage, für die er den von seiner Metamorphose zum Bestsellerautor berauschten

Roth in dessen neuem Apartment in Uptown Manhattan besucht hatte. «Die Fernsehrechte sind noch nicht verkauft», so Goldman, «aber selbst ohne diese hat das Buch [...] bereits eine Million Dollar eingespielt.»[235]

Während Roth am Tag nach der Veröffentlichung von *Portnoys Beschwerden* Manhattan verließ und sich für mehrere Monate nach Yaddo zurückzog, der Künstlerkolonie in Saratoga Springs, die er seit 1964 regelmäßig aufsuchte, um ungestört schreiben zu können, führte sein mediales Alter Ego das ausschweifende Eigenleben, das die Öffentlichkeit von dem Autor eines Romans über *einen «fotzennärrischen» Onanierer aus respektablen Kreisen* erwartete. Der einflussreiche Kolumnist Leonard Lyons scherzte über Roths Affäre mit der Entertainerin Barbra Streisand, der Roth nach eigenem Bekunden bisher jedoch nie begegnet war; in Talkshows wie Johnny Carsons von NBC landesweit ausgestrahlter «Tonight Show» sorgten die anzüglichen Spekulationen über Roths Sexualleben für einen schnellen Gag, während sich in Verlagskreisen das Gerücht verbreitete, Roth habe einen Nervenzusammenbruch erlitten und sei *für seine Exzesse in ebenjene mythische Irrenanstalt gekarrt worden, in die schon seit Anbeginn der Selbstbefleckung alle unverbesserlichen Onanisten von den Volkskundlern verbannt worden sind.*

Es sollte noch beträchtlich mehr von dieser Art Mythenschöpfung durch die Medien geben[236], so Roth, der die *bizarren Projektionen*[237] der Massenmedien, aus denen *Portnoys Beschwerden* nicht als fiktionale Erzählung, sondern als skandalträchtiges autobiographisches Bekenntnis ihres Autors hervorging, schließlich in dem 1981 erschienenen Roman *Zuckermans Befreiung* verarbeitete. Wie *Portnoys Beschwerden*, so wird darin auch *Carnovsky*, Nathan Zuckermans im Frühjahr 1969 veröffentlichter Bestseller über den Leidensweg des zornigen, gegen die Tyrannei elterlicher Liebe rebellierenden Gilbert Carnovsky, zum Stimulus einer exhibitionistischen Medienöffentlichkeit. Wie Philip Roth wird in *Zuckermans Befreiung* auch der von der *noblen, hochherzigen Ernsthaftigkeit* seiner früheren Bücher gelangweilte Zuckerman zum Pornographen seines eigenen Lebens erklärt und als Personifizierung seines freimütigen Protagonisten missverstanden: *[...] erst letzten Sonntag hatte er auf Kanal 5 gesehen, wie drei Psychotherapeuten, die in Clubsesseln saßen, und der Gastgeber der Sendung seinen Kastrations-*

Roth wenige Monate vor Veröffentlichung von «Portnoys Beschwerden» in der Künstlerkolonie Yaddo, 1968

komplex analysierten. Alle vier waren sich einig darüber, daß es bei Zuckerman piepte[238], so Roth in seinem Roman, in dem er die mediale Mythenschöpfung auf ihre satirische Spitze treibt und das Bild einer Gesellschaft entwirft, die der *Trivialisierung aller Dinge*[239] keine Schranken setzt.

Als Schriftsteller, der die über ihn hereingebrochene Popularität als existenzielle Krise erlebt, ist Nathan Zuckerman jedoch nicht das einzige Opfer der eigenen Prominenz, das Roth in *Zuckermans Befreiung* beschreibt. Während Zuckerman *jede Aufmerksamkeit als Eindringen in [sein] Privatleben* betrachtet, *als eine Beleidigung [seiner] Menschenwürde*, ist der mit einem eidetischen Gedächtnis begabte Alvin Pepler, der Zuckermans Prominenz zu seinem Fetisch macht, zur nie verblassenden Erinnerung an seine inzwischen mehr als zehn Jahre zurückliegende und letztlich unrühmliche Bekanntheit als *Champion in der größten aller Quizshows* verdammt. Der ebenfalls in Newark aufgewachsene Pepler verkörpert als *geistiger Fliegenfänger*, an dem jede Beobachtung, jede noch so triviale Information kleben bleibt, nicht nur Zuckermans Vorstellung des idealen Romanautors: Als prominentester der nach wenigen Wochen ausgebooteten Profiteure einer vom Sender manipulierten Show ist Pepler zugleich die Inkarnation eines eloquenten Betrugs an der amerikanischen Bevölkerung, der ihm zufolge in der politischen Rhetorik Richard Nixons kulminiert. *Der Anfang vom Ende aller guten Dinge in unserem Land waren meiner Ansicht nach diese Quizshows und die Gauner, von denen sie produziert wurden, und das Publikum das alles geschluckt hat – wie die reinsten Trottel,* so Pepler, dessen Figur vor dem Hintergrund des Skandals um die manipulierte, Ende der fünfziger Jahre von NBC ausgestrahlte Quizshow «Twenty-One» gelesen werden kann, den Roth bereits in *Amerikanische Romane schreiben* erwähnt und in *Portnoys Beschwerden* zum Gegenstand eines Untersuchungsausschusses macht, dem auch Alexander Portnoy angehört. Als Zuckermans naives, vom Scheinwerferlicht des Showbusiness geblendetes *Pop-Alter-Ego*[240], das schließlich plant, sich mit einer Rezension von *Carnovsky* um eine Anstellung als Literaturkritiker der «New York Times» zu bewerben, wird Alvin Pepler zum geistlosen, im Bodensatz der Kommerzkultur verwurzelten Mittelsmann jener Literaturkritik, deren Gemeinplätze und Missverständnisse 1969 in Philip Roths Augen auch *Portnoys Beschwerden* zu dem Werk eines anderen machten und seinen Widerspruch provozierten.

Liebe Mrs. Trilling, ich habe gerade Ihren Artikel in der Augustausgabe von «Harper's» gelesen, in dem Sie den Roman «Portnoys Beschwerden» mit dem zu besprechenden Buch «My Father and Myself» von J. R. Ackerley vergleichen. Wenn ich darf, würde ich vor Ihnen gerne zwischen mir und «Mr. Roth» unterscheiden, jener Figur in Ihrer Besprechung, die Sie als «Autor von ‹Portnoys Beschwerden›» bezeichnen, so Roth Ende Juli 1969 in einem nicht abgeschickten, 1975 in *Eigene und fremde Bücher, wiedergelesen* veröffentlichten Brief an die prominente, zum Kreis der «New York Intellectuals» zählende Literaturkritikerin Diana Trilling. Roth, der seit dem Frühjahr in einem abgelegenen Haus in Woodstock lebte, der für seine Künstler- und Hippiekolonie bekannten Kleinstadt am Saum der Catskill Mountains, in der schon Bob Dylan Zuflucht vor den Auswüchsen des Ruhms suchte, verteidigte sich darin gegen Trillings Behauptung, er sei *«Kind einer kritiklosen Massengesellschaft»* sowie *Repräsentant ... der postfreudianischen literarischen amerikanischen Kultur [...]*[241]; er widersprach damit einem der wiederkehrenden Vorwürfe der nicht ausschließlich euphorischen Kritik seines Romans, dem zufolge es *Portnoys Beschwerden* an literarischer Seriosität mangele. Während etwa Brendan Gill den Roman im «New Yorker» als eines der «schmutzigsten» und «lustigsten» Bücher feierte, die je veröffentlicht wurden, und Roth mit «großen Pornographen»[242] wie Rabelais, Shakespeare, Joyce und Céline verglich, bezeichnete Anatole Broyard *Portnoys Beschwerden* in der «New Republic» zwar als einen «‹*Moby Dick*› der Masturbation, [...] eine Art von ‹*Catch-22*› der Sexualität», mit der Roth gegen «den alten hochintellektuellen oder ‹orthodoxen› jüdischen Ideenroman» wie Saul Bellows «Herzog»

Schutzumschlag der amerikanischen Originalausgabe von «Portnoy's Complaint» («Portnoys Beschwerden»). Copyright © 1969 by Random House, Inc.

rebelliere, befand andererseits jedoch, dass Roth letztlich nur mit einer Serie von Karikaturen aufwarte, «ebenso grob vereinfacht wie ein Comicstrip».[243] In der «New York Times» bewunderte Christopher Lehmann-Haupt den Roman als «technisches Meisterstück», der das bislang von Autoren wie Bellow und Malamud dominierte «Genre des sogenannten jüdischen Romans»[244] nachhaltig verändere, er übersah jedoch die moralische Ernsthaftigkeit, die dem befreienden Witz von *Portnoys Beschwerden* nicht weniger unterliegt als Roths früheren, von Lehmann-Haupt deklassierten Romanen. Während Diana Trilling Roths Stil als «effekthascherisch» und den Roman als «Farce mit einer These»[245] bezeichnete – eine Lesart, die Roth in seinem Brief an die Kritikerin als falsch und humorlos zurückwies –, bescheinigte Alfred Kazin Roth in der «New York Review of Books» zwar außerordentliches Talent und Originalität, beanstandete jedoch, dass er über «Juden nur als Hysteriker» und über Christen nicht «halb so gut» schreiben könne.[246] Der mit Roth befreundete, 1915 als Kind jüdischer Einwanderer in Brooklyn geborene Kazin, der *Portnoys Beschwerden* bereits im Juni 1968 gelesen hatte und für sich als «wilde, unendlich erfindungsreiche Satire des jüdischen Sohns gegen seine Eltern» verzeichnete, als «sehr lustig, schmutzig, beeindruckend clever, aber nicht leicht zu mögen»[247], sah Roths Roman in seiner Rezension als «jüngstes und lebendigstes Beispiel für die Tendenz unter amerikanischen Juden, ihre Erfahrung auf Psychologie zu reduzieren»[248]. In seinem Tagebuch erklärte er Roths durch die liebevolle Dominanz seiner Mutter sexuell verwirrten Protagonisten zu einem jüdischen Jedermann: «Leider sind Kinder wie ihre Eltern, und die erbitterte Rachsucht des Sohns ist wie die erbitterte Besitzergreifung des Elternteils. [...] Alles Genitalien, Mutterhass und Mutter vögeln. Der Weg hinaus: Der Sohn ist ein ‹Fall›. Wir alle sind ‹Fälle›.» Kazin skizzierte im Tagebuch ein persönliches, von keiner massenmedialen Rhetorik entstelltes Porträt, in dem er Alexander Portnoys Züge entgegen der Konventionen der Literaturkritik mit denen Philip Roths verschmelzen ließ. «Der kleine jüdische Junge wächst in dem Glauben auf, rundherum liebenswert zu sein, und es brauchte die gegenwärtige sexuelle Revolution, um ihn zu überzeugen, dass seine Obsession herumzuficken mitnichten seltsam oder unerfüllbar ist.» Portnoys unlösbare

Verbundenheit mit seiner Mutter, sein unstillbares, von Schuldgefühlen unterlaufenes Verlangen nach dem «ursprünglichen weiblichen Körper», interpretiert er zudem als «Säuglingsnostalgie» des Autors: «Aber die Geschlossenheit dieses Traums erklärt auch die Reizbarkeit, den hochmütigen Negativismus so vieler anderer Reaktionen auf das Dasein. Die negative Politik des Alltags, sozusagen. Demgemäß Roth: der das destillierte Endprodukt des amerikanischen Juden nicht als ‹Held› oder Märtyrer oder Revolutionär ist, sondern der Sohn, der Sohn als Konsument.»[249]

Portnoys Beschwerden beflügelte nicht nur die voyeuristischen Phantasien der Massenkultur und die *«Buchplaudereien» (wie Gore Vidal sie so nett genannt hat)*[250] der Literaturkritik: Nicht zuletzt an Roths Darstellung von Sophie Portnoy, der hysterischen, um die Ernährung und den Stuhlgang ihres Sohnes besorgten Mutter und des von ihr angeführten elterlichen Regiments, entzündete sich 1969 erneut der Zorn des konservativen amerikanischen Judentums, der Roth bereits zehn Jahre zuvor bei Erscheinen seiner Storys *Epstein* und *Verteidiger des Glaubens* entgegengeschlagen war. Während Roths eigene Mutter gegenüber der «New York Times» vermutete, «alle Mütter sind jüdische Mütter»[251], und damit dem Vorwurf begegnete, ihr Sohn bediene mit der Darstellung der übermächtigen Sophie Portnoy ein spezifisch jüdisches Klischee, vermeinte die für «Midstream» schreibende zionistische Autorin Marie Syrkin «unter dem Cartoon des jüdischen Witzes», den sie in Portnoys Monolog sah, das «anzügliche Grinsen der antijüdischen Stereotype»[252] eines Julius Streicher oder Joseph Goebbels zu erkennen. Wie Alan Cooper in seiner Studie «Philip Roth and the Jews» darlegt, machten auch Roths Kritiker aus den Reihen des jüdischen Establishments meist keinen Unterschied zwischen der Figurenrede eines imaginären, von seinen jüdischen Eltern, seiner komplexen kulturellen Identität drangsalierten Erzählers und den Ansichten des Autors und «identifizierten Portnoys Verunglimpfungen als Roths tiefgehegten Antisemitismus»[253]. Gershom Scholem bezeichnete *Portnoys Beschwerden* als «das Buch, für das alle Antisemiten gebetet haben», und verurteilte Roths Darstellung des Juden, dessen größte Begierde es sei, «die ‹Schicksen-Fotze› zu kriegen»[254], ebenso scharf wie die auch von anderen Kritikern missbilligte Beschreibung von Portnoys Besuch in

Israel, wo sich *Alex im Wunderland*[255] wähnt, bis er im Bett mit einem weiblichen Leutnant der israelischen Armee überraschend seine Erektion verliert. Zwei Jahre nach dem im Juni 1967 geführten Sechstagekrieg und der Verurteilung des israelischen Präventivschlags gegen Ägypten durch den Sicherheitsrat der Vereinten Nationen *fühlten sich viele amerikanische Juden vermutlich so verunsichert wie schon seit langem nicht mehr*[256], mutmaßte Roth über den Ansturm der Kritik, der sich in den Predigten einflussreicher Rabbinen ebenso fortsetzte wie im Alltagstratsch und auch vor seinen mittlerweile in Elizabeth, nur wenige Meilen südlich von Newark lebenden Eltern nicht haltmachte. *Sie waren verblüfft*[257], so Roth, der seine Familie vor Erscheinen von *Portnoys Beschwerden* auf die sich anbahnende öffentliche Empörung vorbereitet hatte, jene *Ekstase der Scheinheiligkeit*, die Roth Jahrzehnte später in *Der menschliche Makel* als *die älteste gemeinsame Leidenschaft der Amerikaner* identifizierte, als Amerikas vielleicht *trügerischste und subversivste Lust:*[258] *Sie waren verletzt. Von unseren hochnäsigen Nachbarn hörten sie eine Menge über meine Unzulänglichkeiten*[259], so Roth. Während das nichtjüdische Amerika Roths Roman als Skandal zelebrierte, verurteilte das konservative Judentum *Portnoys Beschwerden* als schändlichen Verrat an der jüdischen Gemeinschaft: «Der Streitpunkt für diese Meinungsmacher war gemeinhin, dass literarische Bedeutung ein Luxus sei, den sich eine unter Beschuss stehende Kultur nicht leisten konnte»[260], so Alan Cooper zusammenfassend in «Philip Roth and the Jews». In den Augen des jüdischen Establishments war Roth jener illoyale *Bastard*[261], als den in *Zuckermans Befreiung* Nathan Zuckermans sterbender Vater den Autor von *Carnovsky* beschimpft.

«Die Angriffe waren schrecklich und entmutigend», so der Lektor Aaron Asher, mit dem Roth seit 1963 eine enge Freundschaft verband. «Er musste mit dem Albtraum eines Bombenerfolgs fertigwerden. Es machte ihn wütend und abwehrend, also verschloss er sich.»[262] Roth verweigerte sich der Publicity öffentlicher Auftritte. In der Abgeschiedenheit von Woodstock, wo er sich mit dem zwanzig Jahre älteren, ebenfalls an einem kritischen Wendepunkt seiner Karriere stehenden Maler Philip Guston anfreundete, war er entschlossen, *das riesige, gerade erst gewonnene Publikum wieder loszuwerden, dessen kollektive Phantasien keineswegs*

Philip Guston,
frühe 1960er Jahre

*frei von eigenen mich verwandelnden Einflüssen waren*²⁶³. Guston teilte nicht nur Roths Bewunderung für die Werke Franz Kafkas und Samuel Becketts: Infolge des Vietnamkriegs und der Dynamik des gesellschaftlichen Umbruchs hatte er sich von der New Yorker Kunstwelt und dem abstrakten Expressionismus abgewandt, zu dessen herausragenden Vertretern er seit den frühen fünfziger Jahren zählte, und ähnlich wie Roth nach einer neuen, die Turbulenzen der Zeit reflektierenden Formensprache gesucht, die auch in den Zeichnungen zum Ausdruck kommt, zu denen Guston durch Roths Erzählung *Die Brust* inspiriert wurde. *Wir entdeckten, dass wir beide eine Vorliebe für amerikanischen Ramsch hatten*²⁶⁴, so Roth, der gemeinsam mit Guston die Diners und Schrottplätze der Gegend um Woodstock besuchte, die profanen, glanzlosen Winkel des amerikanischen Alltags, und in dem, *was Guston «crapola» nannte* und zum Sujet seiner Malereien machte, ein *schlichtes, ästhetisches Instrument* entdeckte, das schließlich sein Vertrauen stärkte,

Zeichnung Philip Gustons zu Roths 1972 erschienener Erzählung «Die Brust»

die mit *Portnoys Beschwerden* begonnene *Selbstsubversion*[265] trotz der von Teilen der Kritik erhobenen Zweifel an seiner literarischen Seriosität auf eine souveräne und provokante Weise fortzusetzen. *Dieses Vertrauen drückte sich teilweise in der größeren Bereitschaft aus, absichtlich, wenn nicht gar programmatisch pervers zu sein*[266], so Roth, der die aufreibende, Ende 1969 unter dem Titel *Zuckerman Bound* aufgenommene Arbeit an seinem Roman *Mein Leben als Mann* in den folgenden Jahren immer wieder frustriert abbrach und, angefangen mit der im August 1970 in der «New American Review» erschienenen Story *On the Air*, eine Reihe *untypisch ausgeflippter*[267] Werke schrieb, mit denen er die Ernsthaftigkeit, die ihm *Mein Leben als Mann* abverlangte, schamlos torpedierte. Schon in der grotesken, vom Ekel über die Hysterie der Mediengesellschaft angetriebenen Story *On the Air*, seiner ersten Veröffentlichung nach *Portnoys Beschwerden*, unternahm er den Versuch, *mehr von mir selbst in die Luft zu jagen*: ein Experiment der Selbstvergewisserung, das er in der im Frühjahr 1971 – unter dem Eindruck seiner im Vorjahr unternommenen Reise nach Kambodscha und der Empörung über Präsident Nixons Begnadigung eines der für das Massaker im vietnamesischen My Lai verantwortlichen Offiziere – entstandenen Polit- und Mediensatire *Unsere Gang* ebenso fortsetzte wie in der 1972 erschienenen Erzählung *Die Brust* und in dem ein Jahr darauf veröffentlichten Roman *The Great American Novel*, in dem Roth die tragikomische Diaspora eines aus ihrem Heimatstadion vertriebenen Baseballteams schildert. *Portnoy war für mich keine Figur, er war eine Explosion, und ich hörte nach «Portnoys Beschwerden» nicht auf zu explodieren.*[268] Roth wurde in der Abgeschiedenheit des ländlichen Woodstock von den *Exzessen des Grand Guignol in Versuchung geführt* und gab sich der verlogenen, in *Unsere Gang* mit schneidendem Witz bloßgestellten Rhetorik Richard Nixons nicht weniger lustvoll hin als der paranoiden Erotik von *Die Brust* oder der exhibitionistischen Aufwallung des scheinbar unkontrolliert ausufernden Erzählflusses von *The Great American Novel*. Das selbstzerstörerische Potenzial dieser polemischen Detonationen, die seinem *Ruf als irrer Penis*[269] neues Gehör verliehen, drohte Philip Roth dabei in ebenjenen Schriftsteller zu verwandeln, der er in den Augen der Öffentlichkeit und *nach dem Urteil einiger jüdischer Kritiker schon immer gewesen war*[270].

«Hätten Sie Lust, die Hure kennenzulernen, die Kafka zu besuchen pflegte?»

Was die Dinge betrifft, die in Zeitungen über meine Arbeit gesagt werden, bin ich nicht mehr auf dem Laufenden, so Roth 1977 in einem Interview mit der «New York Times Book Review». *Rezensionen meiner Bücher habe ich seit 1972 nicht mehr gelesen, und für gewöhnlich versuche ich, außer Landes zu sein, wenn ein Buch erscheint. Wenn ein Buch herauskommt, ist der beste Aufenthaltsort – zumindest für einen westlichen Schriftsteller – meines Erachtens hinter dem Eisernen Vorhang.*[271] Roth hatte das Haus in Woodstock 1972 aufgegeben und ein abgelegenes, von vierzig Morgen Land, von Wald und Apfelbäumen und offenen Feldern umgebenes Farmhaus im nordwestlichen Winkel von Connecticut gekauft: in «einer Ortschaft, der es genau genommen an einer Ortschaft fehlt»[272], wie David Remnick über die beschauliche, auf den ersten Blick nur aus einem Postamt, einem Dorfladen und einer kleinen katholischen Kirche bestehenden Gemeinde am Ufer des Housatonic River schreibt, wo Roth sein in Woodstock begonnenes *Experiment des radikalen Rückzugs*[273] fortsetzte und bereits 1972 an einer frühen Fassung seines 25 Jahre später erschienenen Romans *Amerikanisches Idyll* arbeitete. Sein «wirksamster Zufluchtsort vor der New Yorker Prominenz» jedoch, so der seit Ende der fünfziger Jahre mit Roth befreundete englische Schriftsteller und Kritiker Al Alvarez, «war die Tschechoslowakei und ihre Schriftsteller».[274]

Ursprünglich war Franz Kafka dafür verantwortlich, daß ich Prag besuchte, so Roth, der bereits im Rahmen seines Literaturstudiums einzelne Romane und Erzählungen Kafkas gelesen hatte. Dessen Werk war seit Anfang der dreißiger Jahre in englischer Übersetzung erschienen und übte seit Ende des Zweiten Weltkriegs zunehmend Einfluss auf eine neue Generation amerikanischer Schriftsteller und Intellektueller aus. Während Saul Bellow und Ralph Ellison oder Literaturkritiker wie Philip Rahv und Irving

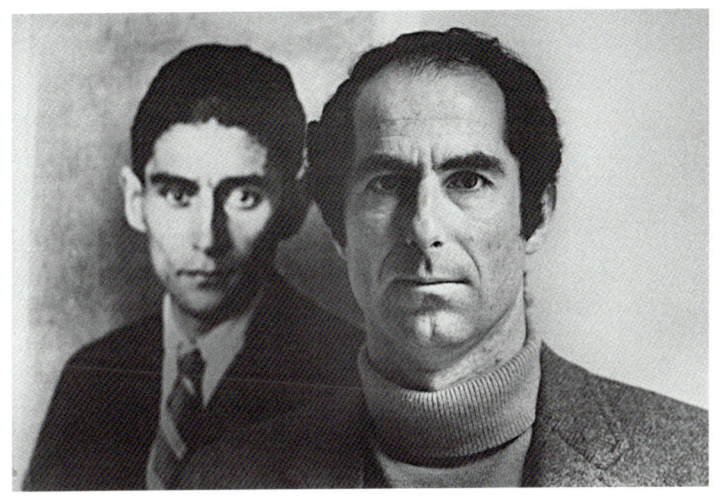

Roth vor einem Porträt Franz Kafkas, 1969

Howe Kafka längst als bedeutenden Vertreter der europäischen Moderne verstanden, als den Dante ihres Zeitalters, wie W. H. Auden Kafka 1941 tituliert hatte, war Roth von seiner ersten Lektüre unberührt. Es bedurfte der existenziellen Krise seiner unglücklichen Ehe mit Margaret Martinson, der Ausweglosigkeit und tiefen Verzweiflung einer persönlichen, als «kafkaesk» empfundenen Zwangslage, um ihn für *Kafkas Geschichten der seelischen Desorientierung und blockierten Energien* zu sensibilisieren und in seinen *frühen Dreißigern* zu veranlassen, das Werk des Prager Schriftstellers einer ernsthaften Lektüre zu unterziehen und Kafka zu seiner Obsession zu machen. *Dass diese aufreibenden Jahre mir dazu verhalfen, einen großen Schriftsteller zu durchdringen, dessen Anliegen mir zuvor entgangen waren*, so Roth in seinem 1976 erschienenen Essay *In Search of Kafka and Other Answers*, in dem er die genauen Konturen seiner traumatischen Lebenskrise verschleiert, nicht jedoch seine unverhohlen autobiographische Lesart des 1924 verstorbenen Kafka, *lässt mich beinahe dankbar sein für die Blockierung und Desorientierung, die ich durchmachen musste, um anzufangen, mit seiner Literatur in Kontakt zu treten.*[275] Zu einer Zeit, in der Kafka von anderen Lesern als Visionär totalitärer Gesellschaften oder als Prophet des Holocaust neu erschaffen wurde, entstand aus Roths solipsistischer Fehllektüre – dem «Streit zwischen starken Gleichen», so der Literaturwissenschaftler Harold Bloom in seiner 1973 erschienenen Dichtungstheorie «Einflußangst», der zufolge ein starker Dichter immer «nur sich selbst lesen»[276] könne – das monumentale Bild eines literarischen Vorläufers, der Roths eigene Gesichtszüge zu tragen schien.

Wie Abner Reingold, der unglücklich verheiratete, noch nicht unter dem Namen Peter Tarnopol auftretende Protagonist einer frühen Fassung von *Mein Leben als Mann*, bezeichnete auch Roth den Literaturkurs, in dem er seit Mitte der sechziger Jahre neben Dostojewskijs «Schuld und Sühne» und Tolstojs «Anna Karenina», neben Thomas Manns «Der Tod in Venedig» und seinen eigenen Romanen *Anderer Leute Sorgen* und *Lucy Nelson oder Die Moral* verschiedene Werke Kafkas lehrte, als *Studien zu Schuld und Verfolgung*[277] – was die Vermutung nahelegt, dass auch Roth jedes einzelne der von ihm unterrichteten Bücher *aufgrund der Relevanz für seine Ehe* auswählte und seinen Studenten an der University of Pennsylvania mit der Lektüre eine *hochklassige Version seines häuslichen Lebens*[278] darbot. Roths eigene identifikatorische Auseinandersetzung mit Kafka war längst so weit vollzogen, dass Kafka Philip Roths Werk zu überschreiben begann.

In *In Search of Kafka and Other Answers* deutet Roth den von seiner den eigenen Bedürfnissen angepassten Fehllektüre ausgehenden Kampf mit der determinierenden Vaterfigur an, der seinem ersten Besuch in Prag vorausging. *Nachdem [meine Studenten] den «Brief an den Vater» gelesen hatten, den Kafka im Alter von 36 Jahren geschrieben hatte und der mit den Worten beginnt, «Lieber Vater/Du hast mich letzthin einmal gefragt, warum ich behaupte, ich hätte Furcht vor Dir», forderte ich sie hin und wieder auf, Kafka als ihr Vorbild zu nehmen und zu versuchen, ebenso freimütige und sich selbst hinterfragende Briefe an ihre eigenen Väter oder Mütter zu schreiben. Eines Tages stellte ich mir diese Aufgabe sozusagen selbst,* so Roth, der die komplexe Entstehungsgeschichte von *Portnoys Beschwerden* in seinem Essay auf die tiefgreifende Beschäftigung mit Kafka verkürzt, *und schrieb einen Roman über einen weiteren von der Familie besessenen jüdischen Junggesellen in seinen Dreißigern, der mit den Worten hätte beginnen können, «Liebe Mutter/Du hast mich letzthin einmal gefragt, warum ich behaupte, ich sei besessen von Dir», und zum Teil von meiner intensiven Lektüre der Werke Kafkas in diesen Jahren geprägt worden war.*[279]

Während Roth Kafkas poetischen Einfluss und die Angst, der «imaginären Priorität»[280] seines Vorläufers zu unterliegen, in *Portnoys Beschwerden* in eine Geschichte übersetzte, die sowohl im Newark seiner Kindheit wie im Amerika der Gegenwart spielt und daher augenscheinlich Roths eigene zu sein schien, gelang es ihm in *Mein Leben als Mann*, Kafka in einer autobiographischen, tief in Roths persönlicher Erfahrung verankerten Erzählung zu sublimieren, deren Protagonist *eines Morgens aus unruhigen Träumen erwachte*[281], wie es in der Ende der sechziger Jahre entstandenen Fassung des Romans heißt, und sich in seinem Bett zwar nicht zu einem riesigen Ungeziefer, aber zu einem Ehemann verwandelt findet. Während die bereits 1978 von Bernard F. Rodgers nachgewiesene Intertextualität zwischen Kafkas «Brief an den Vater» und Alexander Portnoys bekenntnishafter Selbstanklage in Portnoys Äußerung kulminiert, *mein Schwengel war eigentlich das einzige, was wirklich mir gehörte*[282], mit der Roth Kafkas Feststellung überschreibt, «dass ich tatsächlich nur das besaß, was ich schon in den Händen oder im Mund hielt […]»[283], ist der dem Gerichtsstand seiner Ehe ausgesetzte Protagonist aus *Mein Leben als Mann* wie Gregor Samsa in «Die Verwandlung» oder andere Figuren Kafkas mit einer phantastisch anmutenden Realität konfrontiert, die sich nicht als Traum abtun lässt und ihm die nach Roths Ansicht unauslöschlich in Kafkas Werk eingeschriebene Erkenntnis abverlangt, *daß ebendiese scheinbar so unvorstellbaren Halluzinationen und hoffnungslosen Paradoxien unsere Wirklichkeit ausmachen*[284]. Es ist die Aporie dieser Erkenntnis, deren poetischer Ursprung in *Die Brust*, Roths 1972 erschienener Erzählung über David Kepeshs unerklärliche Verwandlung in eine 140 Pfund schwere weibliche Brust, am augenfälligsten ist, an der sich Roths Phantasie seit der künstlerischen Selbstbehauptung seiner Auseinandersetzung mit seinem Dichter-Vater Kafka schließlich immer wieder entzündete. Als Menetekel der menschlichen Ohnmacht angesichts einer absurden, als monströs und unbezwingbar empfundenen Realität, die den *freudianischen Glauben an die souveräne Macht der Kausalität*[285] widerlegt, wie es 1993 in *Operation Shylock* heißt, ist sie der von Roth modifizierte und in sein eigenes Werk integrierte poetische Urkeim, aus dem noch in späten Romanen wie *Die Demütigung* und *Nemesis* die existenziellen Zwangslagen erwachsen, in denen sich Roths Protagonisten charakteristischerweise befinden. «Man kann Philip Roth nicht ohne Franz Kafka haben»[286], so die mit Roth befreundete Cynthia Ozick. Als er im Frühjahr 1972 nach Prag reiste und in Kafkas Welt Zuflucht suchte, erblickte Roth im Spiegel des anderen sich selbst.

Während eines Ausflugs, den ich unlängst nach Prag unternommen hatte, fühlte ich mich an nichts so sehr erinnert wie an das Newark, in dem ich in den Dreißigern und Vierzigern aufgewachsen bin, eine heruntergekommene, verarmte Provinzstadt unter der Wolke des Krieges[287], so Roth, der die literarische Spurensuche seines ersten Aufenthalts in Prag später in *Professor der Begierde* verarbeitete – dem 1977 erschienenen zweiten Band der 2001 mit *Das sterbende Tier* abgeschlossenen Kepesh-Trilogie –, in dem der von Kafka faszinierte Literaturwissenschaftler David Kepesh nicht nur die Topographie von Kafkas Alltag durchschreitet und das als Touristenattraktion ausgewiesene Grab des Schriftstellers besucht, sondern auch in der Erregung, die Kafkas mutmaßliche *erotische Hemmung* in Kepesh auslöst, von einer Begegnung mit der inzwischen fast achtzigjährigen, *ihre berühmte Jibberspalte*[288] entblößenden Hure träumt, die der von Kepesh imaginierte Kafka aufzusuchen pflegte. *Und die Stimmung des Ortes jetzt, da die Russen zurück sind*, so Roth, der während seines viertägigen Aufenthaltes in Prag *alles anzusehen versuchte, was Kafka einst angesehen haben könnte,*[289] wie er später schrieb, *der Mix aus Ironie, Intelligenz, Melancholie, Resignation, Selbst-Satire, Geduld und Hoffnung, den ich in den regimekritischen Schriftstellern und Intellektuellen vorfand, die ich traf, ließ mich glauben, ich sei in «dem jüdischen nationalen Heimatland» meiner Kindheitsphantasien [...].*[290]

Während Roth die Erfahrung der Selbstauflösung im Antlitz Kafkas in seiner 1973 entstandenen essayistischen Fiktion *«Immerfort wollte ich, daß ihr meinen Hunger bewundert»* oder: *Ein Blick auf Kafka* zurück ins Newark des Jahres 1942 spiegelte und Kafka in seinem «jüdischen Heimatland» von Weequahic zu seinem Hebräischlehrer und beinahe auch zu dem Ehemann einer Schwester seiner Mutter machte, sah er in den seit Niederschlagung des Prager Frühlings ihrer intellektuellen Freiheit beraubten Schriftstellern, mit denen er in der ČSSR zusammentraf, sein in der politischen Realität eines kafkaesken Traums gefangenes Gegenbild. *In Prag begegnete ich 1972 Schriftstellern, die in Verhältnissen lebten, die sich von den meinigen völlig unterschieden,* so Roth, dessen Bücher *Goodbye, Columbus* und *Anderer Leute Sorgen* mit Beginn des Tauwetters Anfang der sechziger Jahre in dem auf in- und ausländische Gegenwartsliteratur spezialisierten Odeon-Verlag erschienen waren, während eine bereits 1969 fertiggestellte und in Druck gegangene Übersetzung von *Portnoys Beschwerden* aufgrund des erotischen Inhalts an der staatlichen Zensur scheiterte und in einigen vor der Zerstörung geretteten Exemplaren inoffiziell kursierte. *Ich begann, mich für die Zwangslagen dieser Schriftsteller zu interessieren. Wie in meinen Büchern, so auch in meinem Leben,* so Roth rückblickend: *Individuelle und soziale Zwangslagen ziehen mich an.*[291] Bevor er im Frühjahr 1973 für einen zweiwöchigen Aufenthalt nach Prag zurückkehrte, las er alles – *Romane, Erzählungen, Gedichte, Interviews, Essays und Reden*[292] –, was ihm von den maßgeblichen zeitgenössischen tschechischen Schriftstellern in englischer Übersetzung zugänglich war.

«Roth sagte zu mir, er habe kürzlich ein politisches Pamphlet gegen den amerikanischen Präsidenten herausgebracht, das sich phantastisch verkaufe, und was könne ihm in den USA deshalb geschehen? Gar nichts. Er könne nur reicher und reicher werden, während es in der ČSSR Schriftsteller gebe, die ebenfalls ihre Regierung kritisierten, kein Geld damit verdienten und dafür sogar ins Gefängnis wanderten. Er hatte das Bedürfnis, diese Schriftsteller zu verstehen»[293], so der seit 1969 im amerikanischen Exil lebende tschechoslowakische Kritiker und Publizist Antonín Liehm, dessen wöchentliches, an einem Community College der City University of New York abgehaltenes Seminar zur tschechischen Kultur Roth 1972 besuchte. Liehm trug nicht nur dazu bei, Roths Verständnis der Werke Kafkas zu vertiefen und ihn in die tschechische Gegenwartsliteratur einzuführen; er machte ihn auch mit Exilanten wie den in New York lebenden Filmregisseuren Jirí Weiss und Ivan Passer bekannt. Als ehemaliger Redakteur der liberalen, ab 1963 zu den Wegbereitern des Prager Frühlings zählenden Literaturzeitschrift «Literární noviny» verfügte Liehm zudem auch im Exil über zahlreiche Verbindungen zu den Autoren des tschechischen Samisdat und vermittelte Roth unter anderem Kontakte zu Ludvík Vaculík, Milan Kundera und Ivan Klíma, der im Prag der siebziger Jahre schließlich zu Roths *wichtigstem Lehrer in Sachen Realität* wurde. Während Roth im Dezember 1972 einer verheerenden Kritik des Literaturkritikers Irving Howe ausgesetzt war, der Roths jüngste Bücher im «Commentary» als vulgäre, auf den Geschmack eines infantilen Publikums zugeschnittene Modeerscheinung diffamierte und seine ursprünglich wohlwollende Einschätzung von *Goodbye, Columbus* revidierte, stand Klíma in der ČSSR unter Publikationsverbot. *[Klima] fuhr mich an die Straßenecken zu den Kiosken, in denen Schriftsteller Zigaretten verkauften, zu den öffentlichen Gebäuden, in denen sie die Flure wischten, zu den Baustellen, wo sie als Maurer arbeiteten.* Roth besuchte Prag fortan jedes Frühjahr, bis ihm 1977 das Einreisevisum verweigert wurde. *Wenn ich mich länger mit ihnen unterhalten konnte, dann meist in Ivans Haus.*

> Hier, wo man die literarische Kultur als Geisel genommen hat, blüht die Kunst der mündlichen Erzählung. In Prag sind Geschichten nicht einfach Geschichten; sie sind das, was man hier anstelle eines Lebens hat. Hier wird man zur eigenen Geschichte, da es einem versagt ist, etwas anderes zu sein. Das Geschichtenerzählen ist die Form, die der Widerstand gegen die Zwangsherrschaft der gegenwärtigen Mächte angenommen hat.
> Die Prager Orgie, S. 80 f.

«Als ein unter strenger Überwachung stehender Besucher Prags war Philip anfangs nur auf der Suche nach den Spuren Kafkas gewesen», so Milan Kundera, in dessen während des Prager Frühlings in hoher Auflage erschienenen und nach der russischen Besetzung in der ČSSR verbotenen Büchern «Der Scherz» und «Das Buch der lächerlichen Liebe» das auch für Roths Figuren charakteristische Bemühen, Autorität über das eigene Leben zu erlangen, zu der existenziellen, von einer übermächtigen politischen Kraft dominierten *Konfrontation von Privatem und Öffentlichem*[294] kulminiert. «Indem er eine Sache suchte, fand er eine andere»[295], ergänzt Kundera, der wie Klíma, wie Václav Havel und zahlreiche weitere Schriftsteller, denen Roth in Prag oder dem 1974 erstmals besuchten Budapest begegnete, zu seiner eigenen Autorengeneration gehörte und Roth schließlich eine «Selbstbefragung» ermöglichte, wie Martin Green anmerkt, «die mit der in seinem Kafka-Kult verkörperten vergleichbar ist».[296] Zwar führte Roth auch den Kult um den durch die offizielle kommunistische Doktrin verbotenen Schriftsteller weiter und ließ sich beispielsweise von Vera Saudková, der nach wie vor in Prag lebenden Tochter von Kafkas 1943 in Auschwitz ermordeten Schwester Ottla, das Familienalbum und andere Erinnerungsstücke zeigen: Doch es war die eingehende Selbstbefragung, die Roth im Gespräch mit den in der totalitären Wirklichkeit von Kafkas Halluzinationen eingesperrten Zeitgenossen unternahm, die ihm lebendige Auskunft über seine eigene künstlerische Integrität erteilte und den Fluchtpunkt einer Entwicklung aufzeigte, die Roth nach der Fertigstellung von *Mein Leben als Mann*, dem «Ende einer Entwicklungslinie»[297], wie er 1976 gegenüber dem englischen Schriftsteller Ian McEwan sagte, in eine neue Schaffensphase eintreten ließ. *Als Kind hatte ich meiner Mutter Liebe, als Erwachsener habe ich größtenteils dank meines Vaters gewaltiger Arbeit ein hübsches Einkommen, und mein ganzes Leben lang habe ich die Freiheiten und die Sicherheit eines amerikanischen Staatsangehörigen genossen*, so der in den USA geborene Erzähler eines 1972 entstandenen, unter diversen provisorischen Titeln firmierenden Entwurfs von *Amerikanisches Idyll*, in dem die Literaturwissenschaftlerin Debra Shostak ein zentrales autobiographisches Bekenntnis Philip Roths identifiziert, eines *Roth, der ich nicht bin, aber hätte sein können*, wie es in einer handschriftlichen Notiz am Anfang des Typoskripts heißt. *Welcher vernünftige Mensch könnte angesichts einer solchen Fülle mit seinem Leben hadern?*, so Roths Erzähler, der Lederfabrikant Milton Levov, der während eines Aufenthalts in Prag der dem Holocaust entkommenen Anne Frank begegnet, dem Geist einer weiteren Zeitgenossin, der Roth während seiner Reisen in das vor der Zerstörung durch die deutsche Wehrmacht, jedoch nicht vor der Vernichtung der jüdischen Einwohner bewahrte Prag heimgesucht zu haben scheint. *Wenn die Rachegötter das nächste Mal auf mich zukommen, werden sie vielleicht nicht so viel unbeschadet lassen*, so der Erzähler des wahlweise als *Das Tagebuch von Anne Franks Zeitgenossen, Eines Geschäftsmannes Leid (Anne Frank in Amerika)* oder *Wie die andere Hälfte lebt* betitelten Fragments: *Lass Dir Dein Geld wegnehmen, lass Dir Deine Kraft wegnehmen, lass all Deine Freiheiten zerstören – dann, mein dankbarer und geduldiger Freund, werden wir sehen, was wir sehen werden.*[298] Es bedurfte jedoch keiner Rachegötter, sondern lediglich der wiederholten Aufenthalte in einem übermächtigen und zudem von den Schatten einer im Holocaust untergegangenen jüdischen Kultur durchdrungenen totalitären System, um Roths «Auffassung der individuellen menschlichen Tragödie zu erweitern»[299], wie der Literaturwissenschaftler Peter Demetz schreibt, und die profunde, bezeichnenderweise mit dem 1985 erschienenen erzählerischen Epilog *Die Prager Orgie* abgeschlossene Selbsterforschung seiner Identität als amerikanischer Schriftsteller herauszufordern, die insbesondere Roths zwischen 1979 und 1983 erschienene Zuckerman-Trilogie zu einem wesentlichen Teil darstellt.

Ich stelle mir vor, dass Styron in einer Bar in der Penn Station Gläser spült, dass Susan Sontag in einer Bäckerei am Broadway Brötchen in Tüten steckt, so der über die unfassbaren Lebensbedingungen seiner tschechischen Schriftsteller-Kollegen empörte Nathan Zuckerman, der in *Die Prager Orgie* das Prag des Jahres 1976 besucht, um die unveröffentlichten Erzählungen eines unbekannten, mutmaßlich 1941 von einem deutschen Soldaten erschossenen jüdischen Schriftstellers zu suchen und in den Westen zu schmuggeln. Angesichts einer der demokratischen Moral widerstrebenden politischen Realität, in der den Schriftstellern und Intellektuellen, denen Zuckerman hinter dem Eisernen Vorhang begegnet, einzig ihre mitunter orgiastische sexuelle Befreiung als subversiver Fluchtweg aus der *Tretmühle der Erniedrigung*[300] bleibt, ist Zuckerman, dessen von bizarren Abenteuern begleitetes Bemühen um die Rettung der offenbar brillanten Erzählungen am Ende vergeblich ist, die ironische Selbstreflexion Philip Roths: Als «Partisan Prags»[301] verfasste er 1973 für das amerikanische PEN-Zentrum einen Länderreport über die ČSSR, der «New York Times» legte er die Berichterstattung über die Konfiszierung der Tantiemen tschechischer Schriftsteller nahe. Als Initiator und Herausgeber der ab 1974 bei Penguin Books erschienenen Reihe «Writers from the Other Europe», in der er bis 1989 *herausragende und einflußreiche Werke osteuropäischer Schriftsteller*[302] veröffentlichte, darunter Jerzy Andrzejewskis «Asche und Diamant», Tadeusz Borowskis «Bitte, die Herrschaften zum Gas» und Danilo Kiš' «Ein Grabmal für Boris Dawidowitsch», Bücher unter anderen von Kundera, Vaculík, Witold Gombrowicz, György Konrád und dem in den USA gänzlich unbekannten Bruno Schulz, dessen «Das Sanatorium zur Sanduhr» Roth erstmals übersetzen ließ, wurde er zu einem der einflussreichsten Vermittler osteuropäischer Literatur in den USA. *Nachdem ich einmal [aus Prag] abgereist war, statteten die Behörden einem meiner tschechischen Freunde einen Besuch ab und wollten wissen, was Roth im Schilde führe, was er hier wolle*, so Roth, der den Kontakt in die ČSSR nach der Ablehnung seines Visumantrags durch *westdeutsche oder holländische Kuriere*[303] aufrechterhielt, bis er 1990 erneut anreiste, um wenige Monate nach der Samtenen Revolution für die «New York Review of Books» ein Interview mit Ivan Klíma zu führen. *Mein Freund antwortete: «Haben Sie seine Bücher nicht gelesen? Er kommt wegen der Mädchen.»*[304]

«Ein Leben,
das nicht meines ist»

Im Juni 1972 drangen Einbrecher in den Watergate-Gebäudekomplex in Washington ein, um in den Büros der Demokratischen Partei Abhöranlagen zu installieren. Bei der Präsidentschaftswahl im November setzte sich Richard Nixon mit einer überragenden, in der Geschichte der USA einzigartigen Mehrheit gegen seinen demokratischen Herausforderer George McGovern durch. Für die Neuauflage von *Unsere Gang*, die 1973 aus Anlass der von Mai bis August abgehaltenen Senatsanhörungen zur Watergate-Affäre erschien, verfasste Roth ein Vorwort, in dem er den inzwischen des Amtsmissbrauchs verdächtigten Präsidenten mit beißendem Spott belegte. *Ich möchte mich öffentlich bei Präsident Nixon entschuldigen*, so Roth, der die Anhörungen später in *Amerikanisches Idyll* einarbeitete, wo er die im Protest gegen den Vietnamkrieg zur Terroristin gewordene Tochter des Protagonisten fünf Jahre nach ihrem Verschwinden ausgerechnet im Sommer 1973 erstmals wieder in Erscheinung treten lässt. *Ich begreife erst jetzt, dass ich nicht das geringste Recht hatte, [Nixon] damals, wenn auch nur fiktiv, als einen moralischen Heuchler, einen gesetzlosen Opportunisten, einen schamlosen Lügner und einen richtiggehenden Totalitaristen im Herzen darzustellen*, so Roth im Vorwort der «Watergate Edition» seines im Oktober 1971 vom «Time»-Magazin noch als «manisch verleumderische Satire»[305] bezeichneten Buchs. *Welchen Beweis hatte ich, um ein solches Hirngespinst zu untermauern? Meine amerikanischen Mitbürger*, so Roth im Mai 1973, *welchen Beweis hatte irgendjemand von uns? Hatten wir die Telefone des Weißen Hauses mit einer Wanze versehen, die uns Grund gab, Nixon derart bösartig zu porträtieren?*[306] Die «Pre-Impeachment Edition» von *Unsere Gang*, die das gegen Nixon eingeleitete und von diesem schließlich durch seinen Rücktritt unterlaufene Amtsenthebungsverfahren flankierte, erschien ein Jahr später und war nicht die einzige Veröffentlichung, mit der Roth im Sommer 1974 abermals seiner tiefen Frustration Ausdruck verlieh, Figur einer abstrusen Geschichte zu sein – einer

Richard Nixon nach seinem Rücktritt vom Amt des Präsidenten, 9. August 1974

wahren Geschichte[307], wie es in der im Juni 1974 erschienenen Fiktion von *Mein Leben als Mann* heißt –, deren Autorschaft sich seiner Vorstellungskraft entzog.

Wie viele verblüffte Bürger habe ich in den letzten Tagen nach etwas Ausschau gehalten, das mir hilft, die neueste Erschütterung des politischen Systems und des nationalen Gewissens zu verstehen, so Roth

im September 1974 in einem *Unser Schloß* betitelten Kommentar, in dem er sich einen Monat nach dem Amtsantritt von Nixons Nachfolger Gerald Ford über das «vollständige, uneingeschränkte und absolute Pardon» empörte, das dieser dem Expräsidenten «für alle Vergehen gegen die Vereinigten Staaten»[308] gewährte. *Also wo sind wir denn? Mir kam der Gedanke, daß wir uns, zumindest für den Augenblick, aber vielleicht auch noch für die kommenden Jahre, in so etwas wie der Welt von Kafkas «Schloß» befinden*[309], so Roth, der seine Arbeit an einer Fortsetzung von *Die Brust*, in der David Kepeshs monströse Verwandlung zum Gegenstand *wissenschaftlicher Studien*[310] wird, 1974 nicht zuletzt deshalb aufgab, weil die satirische Erfindungskraft der amerikanischen Wirklichkeit die Absurdität seiner literarischen Parabel bei weitem zu übertreffen schien und er zudem längst nach Wegen suchte, an die mit *Mein Leben als Mann* vollendete Entwicklungslinie anzuknüpfen und den alternativen Versionen seiner Männlichkeit die durch seine Auseinandersetzung mit Kafka und dem in Prag absolvierten *Intensivkurs in politischer Unterdrückung*[311] erzwungene Selbstdefinition als

Philip Roth mit seinem Vater und seiner Mutter auf der Party zu seinem 40. Geburtstag, 1973

Schriftsteller folgen zu lassen. Während sich das Amerika unter Präsident Ford in der Welt von Kafkas «Schloß» einrichtete, sich die vom Watergate-Skandal erschütterte politische Wirklichkeit *gegen alle Anstrengungen [sperrte], ihren Sinn zu ergründen*[312], wandte Roth sich vom Surrealismus der verworfenen Fortsetzung von *Die Brust* ab und untersuchte in *Professor der Begierde* die Kepeshs Verwandlung vorausgehende Biographie eines jüdischen Literaturwissenschaftlers. Als der Claire Bloom gewidmete Bildungsroman über die transformierende Kraft der Libido schien sich der erotische Realismus des Buchs dabei auch in die Biographie seines Autors fortzuschreiben, der den «unberechenbaren Folgen eines Künstlerlebens» in diesen Jahren nicht allein in seiner Arbeit an der Zuckerman-Trilogie ausgesetzt war, sondern auch in seiner wechselvollen Beziehung zu der 1952 mit der Hauptrolle in Charlie Chaplins Melodram «Rampenlicht» berühmt gewordenen englischen Schauspielerin, die Roth 1975 in New York kennengelernt und ein Jahr darauf nach London begleitet hatte, wo er bis 1988 etwa die Hälfte eines jeden Jahres verbrachte.

Die Zuckerman-Trilogie beginnt mit einer Pilgerreise zum Schutzpatron der Ernsthaftigkeit, zu E. I. Lonoff, und sie endet [...] am Schrein des Leidens, in Kafkas besetztem Prag, so Roth, der Zuckerman erstmals in zwei Anfang der siebziger Jahre in «Modern Occasions» und «Esquire» erschienenen und in *Mein Leben als Mann* schließlich dem *schriftstellerischen Werk Peter Tarnopols*[313] zugeschriebenen Kurzgeschichten auftreten ließ. *Eine Bühnenanweisung in der «Prager Orgie» könnte auch den Titel für diese Trilogie abgeben: A u f t r i t t Z u c k e r m a n , e i n e r n s t e r M e n s c h . Sich mit der profanen Realität dessen abzufinden, was er für einen der geheiligten Berufe der Welt hielt, ist für ihn eine schreckliche Tortur. Gerade um seine übertriebene Ernsthaftigkeit geht es in der Komödie.*[314]

Während sich der als Sohn eines Fußpflegers 1933 in Newark geborene Zuckerman in *Der Ghost Writer* auf der Suche nach einem geistigen Vater befindet und sich von dem sechsundfünfzigjährigen, für seine unbezwingbare künstlerische Integrität bekannten Lonoff eine *moralische Schirmherrschaft* erhofft, jenen *magischen Schutz seiner Fürsprache und seiner Liebe*,[315] den Zuckermans eigene Familie dem Dreiundzwanzigjährigen nach der Veröffentlichung der als antisemitisch und illoyal missverstandenen Erzählung «Höhere Erziehung» verwehrt, erlebt er in *Zuckermans Befreiung* die frevlerische Schändung seiner Ideale durch eine pornographische, das Wesen der Literatur verhöhnenden Öffentlichkeit. In *Die Anatomiestunde*, dem 1983 erschienenen dritten Band der Trilogie, in dem der mittlerweile vierzigjährige Zuckerman vom unerträglichen Schmerz eines rätselhaften, allen medizinischen Heil- und Deutungskünsten trotzenden Leidens heimgesucht wird, setzt Roth die Demontage seines Protagonisten fort und spaltet ihn schließlich in seiner moralischen Zerrissenheit, ein Medizinstudium aufzunehmen und als Geburtshelfer ein selbstloses neues Leben zu beginnen und zugleich die ihm von den Massenmedien aufgezwungene Verschmelzung mit dem Titelhelden seines Skandalromans *Carnovsky* zu realisieren und als mutmaßlicher Verleger eines Pornomagazins Amerika aus den Fesseln einer heuchlerischen bürgerlichen Scheinmoral zu befreien. *Zwanzig Jahre hier oben in den literarischen Sphären sind genug*, so Zuckerman, der in dem 1973 vor dem Hintergrund des Watergate-Skandals und des im Oktober durch den Angriff ägyptischer und syrischer

Streitkräfte auf Israel ausgelösten Jom-Kippur-Kriegs spielenden Roman auch von dem *Peitschenhieb* der vernichtendsten Kritik seiner Laufbahn getroffen wird – *jetzt hinein ins volle Menschenleben! Jubel, Trubel, Heiterkeit. Das ganze Drum und Dran. Keine Wörter mehr, bloß noch das Drum und Dran. Die trivialste Literaturgattung: das Leben selbst.*[316]

[Zuckermans] komisches Dilemma resultiert aus den wiederholten Versuchen, ebendiesem komischen Dilemma zu entkommen, so Roth, der in *Der Ghost Writer* nicht nur den heroischen Idealismus seiner eigenen Anfangsjahre persifliert, in denen er wie der Zuckerman des Jahres 1956 von dem rückblickend als *lachhaft* empfundenen Wunsch geleitet war, *von all den ernsten Männern [...] ernst genommen zu werden*[317], sondern auch die während der Arbeit an dem im Februar 1979 in London vollendeten Roman erst wenige Jahre zurückliegenden Pilgerreisen ins Prag Franz Kafkas. Während sich Zuckermans Verlangen nach «moralischer Schirmherrschaft» in der Paradoxie des realen Traums seiner Erlösung durch die aus dem frühen Entwurf von *Amerikanisches Idyll* in *Der Ghost Writer* übertragene Anne Frank erfüllt, ist Zuckermans Wunsch, *E. I. Lonoffs geistiger Sohn zu werden*, die literarische Sublimierung von Roths Bewunderung seines selbsterwählten Dichter-Vaters Kafka, den er in Gestalt des zu Lebzeiten weitgehend ungelesenen, als Künstler im Grunde impotenten Lonoff in *Der Ghost Writer* auf ähnliche Weise zu entmythologisieren versucht wie in der 1973 entstandenen autobiographischen Fiktion «*Immerfort wollte ich, daß ihr meinen Hunger bewundert*», in der Roth den als Lehrer im Newark seiner Kindheit gestrandeten Kafka des literarischen Werks und der Autorschaft beraubt. Zwar ist die von ihrem kunstreligiösen Fanatismus getriebene Figur des in Russland geborenen, vom literarischen Establishment zeitlebens als *Außenseiter* und *kauziges Überbleibsel aus dem Ghetto der Alten Welt*[318] geschmähten Lonoff durch Philip Guston inspiriert, wie Roth gegenüber dessen Tochter eingestand, während Claire Bloom in Lonoffs Haus die *fiktionalisierte Version*[319] von Roths Farmhaus in Connecticut und in Lonoff ein Selbstporträt ihres Partners zu erkennen glaubte: Dennoch scheinen in Roths Darstellung des asketischen Schriftstellers, der in Anlehnung an die Kafka zugeschriebene Bemerkung, die einzig richtige Mahlzeit für einen Mann sei «*eine halbe Zi-*

Mit Milan Kundera, während dessen erstem Besuch in den USA, 1980

trone»[320], zum Frühstück nur ein halbes Ei verspeist, immer wieder die Züge Kafkas auf und machen Roths Figur zur Personifizierung jenes «neurotischen Konflikts»[321] zwischen dem individuellen Talent und der durch Lonoff wie durch Kafka verkörperten literarischen Tradition, den Roth in seinem gesamten Werk austrägt. Entgegen der Vermutung Milan Kunderas, dem *Der Ghost Writer* gewidmet ist, «liegt der Sinn des Intellektualismus von Roths Helden, die alle Professoren für Literatur oder Schriftsteller sind und ständig damit beschäftigt, über Tschechow, Henry James oder Kafka nachzudenken», jedoch weniger in Roths konservatorischem «Wunsch, die vergangene Zeit am Horizont des Romans zu bewahren und die Figuren nicht der Leere zu überlassen, wo die Stimme der Vorfahren nicht mehr hörbar wäre»,[322] als vielmehr in der für Zuckerman wie für Roth zwingenden Notwendigkeit, ihre individuelle künstlerische Souveränität zu behaupten und die Geister der Vorfahren heraufzubeschwören, um sie zu vertreiben. So wie Roth später mit *Das sterbende Tier* Albert Camus' existenzialistischen Monolog «Der Fall» usurpiert oder mit seinem 2007 erschienenen Roman *Exit Ghost*, in dem der inzwischen einundsiebzigjährige Zuckerman das letzte Aufbegehren einer jugendlichen Unbesonnenheit erlebt, Joseph Conrads «Schattenlinie» überschreibt, überlagert Lonoffs Gestalt in *Der Ghost Writer* das Vorbild Kafkas, ohne dieses vollends zu verdrängen. Doch wie in *Exit Ghost*, in dem Zuckerman Lonoffs *komische*, von den Peinigungen geduckter Helden handelnde *Parabeln*[323] nach Jahrzehnten erstmals wiederliest und Roth schließlich auch in dieser Hinsicht von der in Harold Blooms «Einflußangst» prophezeiten «Wiederkehr der Toten»[324] erzählt, zeigt bereits *Der Ghost Writer*, dass sich die Geister der Vorfahren nicht vertreiben lassen und Kafka in dem Roman von einer ebenso unauslöschlichen Präsenz ist wie die von Nathan Zuckerman heraufbeschworene Anne Frank, deren halluzinative Gestalt die Tiefe von Zuckermans Verstörung über die seitens seiner jüdischen Kritiker erfahrenen Angriffe auf sein Gewissen offenbart. *Anne Frank ist eine jüdische Heilige, ein jüdisches Gespenst*, so Roth, dessen Roman 1984 mit Claire Bloom als Lonoffs dienstbarer, sich in der Eifersucht auf seine jugendliche Muse und Geliebte Amy Bellette verzehrenden Ehefrau von der BBC und PBS verfilmt wurde. *Ich hatte schon seit Jahren über [Anne Frank] schreiben und sie in mein Phantasieleben aufnehmen wollen*[325], so Roth, dessen Vorstellungskraft wie beim Schreiben seiner anderen Romane während der Arbeit an *Der Ghost Writer* unweigerlich auch von seiner privaten Existenz Besitz ergriff. So wie die Beschreibung von Lonoffs abgelegenem, im 18. Jahrhundert errichteten Farmhaus durch Roths eigenes Haus in Connecticut inspiriert zu sein scheint, basiert die Beschreibung der von Zuckerman imaginierten Anne Frank Claire Bloom zufolge auf ihrer eigenen «physischen Erscheinung als junge Frau. [...] Das Foto von [Anne Frank], das Philip auf seinem Schreibtisch stehen hatte, stand direkt neben einem von mir, das aufgenommen wurde, als ich etwa gleich alt war», so die 1931 als Nachfahrin osteuropäischer Juden in London geborene Bloom. «Die Ähnlichkeit zwi-

«Was geschieht mit Philip Roth, wenn er sich in Nathan Zuckerman verwandelt?» – «Nathan Zuckerman ist ein Schauspiel. Eine Verwandlungsnummer, nicht wahr? Ebendas ist im Kern die Gabe des Romanschriftstellers. [...] Verkleidet umherzugehen, jemanden vortäuschen, sich als jemand ausgeben, der man nicht ist. Verwandeln. Die listige, durchtriebene Maskerade.»
Roth zu Hermione Lee, in: Eigene und fremde Bücher, wiedergelesen, S. 161

schen uns als Kindern ist verblüffend; es ist nicht unrealistisch, sich vorzustellen, dass wir einander auch als junge Frauen geähnelt hätten.»[326] In der Gestalt von Zuckermans *Femme Fatale*[327] offenbart sich die im März 1945 in Bergen-Belsen ermordete Anne Frank als überaus reale Präsenz, die ähnlich wie Franz Kafka durch Roths Werk unablässig auch zu diesem selber spricht und ein fortwirkender Bestandteil jener vitalen, fest in der Wirklichkeit verankerten «persönlichen Kultur»[328] ist, der Roths Selbstverständnis als Schriftsteller und als amerikanischer Jude entspringt.

Ich wußte, daß es bereits viele wunderbare und berühmte Erzählungen und Romane von Henry James, Thomas Mann und James Joyce über das Künstlerleben gibt, so Roth, der seinen Protagonisten in der 1985 unter dem Titel *Zuckerman Bound* zusammengefassten Trilogie durch drei Phasen eines anspielungsreichen künstlerischen Martyriums führt, *doch soweit mir bekannt war, hatte noch niemand darüber geschrieben, zu welcher Komödie sich die Berufung eines Künstlers in den USA entwickeln konnte.* Während Roth in *Der Ghost Writer* Zuckermans Anfänge schildert und die Figur in *Zuckermans Befreiung* in ebenjene Situation projiziert, der sich Roth selbst nach der Veröffentlichung von *Portnoys Beschwerden* durch seinen Wegzug aus Manhattan entzogen hatte, beschreibt Roth in *Die Anatomiestunde*, dem Anfang der achtziger Jahre entstandenen und nicht zuletzt vom Schmerz über den Tod seiner Mutter im Mai 1981 erfüllten dritten Band der Trilogie, die Agonie einer scheinbar unlösbaren Lebens- und Schaffenskrise. *Von der Familie vor die Tür gesetzt, seinen Fans entfremdet und mit seinen eigenen Nervenenden im Clinch*, so Roth, für den der in den Romanen der Trilogie in wechselnden Stadien *intensiver Transformation oder radikaler Veränderung*[329] porträtierte Zuckerman sich als das geeignete Medium erwies, um seinem eigenen *sehr amorphen und verschwommenen Selbstbild*, so Roth im Mai 1983 zu dem mit ihm befreundeten Schriftsteller David Plante, das scharf konturierte Bild seiner fiktiven Autobiographie gegenüberzustellen. *Man sehnt sich danach, sich von außen zu betrachten*, so Roth, der im Spiegel seines *opponierenden Ich*,[330] im Gegenüber der *halbimaginären*, aus dem *realen Drama*[331] seines Lebens herausprojizierten Ersatzfigur Nathan Zuckerman, schließlich auch den Versuch unternimmt, der Begrenzung der eigenen

Existenz zu entkommen. *Aber je mehr man hinsieht, desto mehr sieht man sich selbst von innen.*[332]

Was wäre wohl aus dir geworden, wenn du, statt in Amerika, in Europa zur Welt gekommen wärest?, so Portnoys Schwester Hannah zu ihrem jüngeren Bruder, der im Amerika der Nachkriegszeit bereits als Heranwachsender jener *Legende vom leidenden Juden* den Rücken zu kehren versucht, die Roth in der Zuckerman-Trilogie aufgreift und unlösbar mit dem künstlerischen Missgeschick seines Protagonisten verbindet. *Tot. Vergast oder erschossen oder verbrannt oder abgeschlachtet oder lebendig begraben*, so Hannah, deren von Portnoy paraphrasierte Empörung über seine Verantwortungslosigkeit gegenüber dem *Leidenserbe*[333] seines Volkes im Sprechzimmer eines Psychiaters, der am Ende des Romans einen deutschen Akzent zu erkennen gibt, die geradezu haptische Aura ebenjener antithetischen jüdischen Existenz heraufbeschwört, deren Schicksal sich Portnoy nicht verbunden fühlt: Als Holocaust-Überlebender verkörpert Dr. Spielvogel, dessen Figur durch den 1933 vor den Nazis über Italien nach Palästina entkommenen und 1946 in die USA emigrierten Hans Joachim Kleinschmidt inspiriert zu sein scheint, die in *Portnoys Beschwerden* noch randständige Gestalt jener exemplarischen Biographie, die Roth in *Der Ghost Writer* mit der Figur Anne Franks ins Zentrum der Erzählung rückte und zum Ausgangspunkt der eingehenden Prüfung machte, der er seine Identität als amerikanischer Jude in den Romanen der Zuckerman-Trilogie aussetzte. *Jeder Kranke verlangt nach seiner Mutter*, so der Erzähler von *Die Anatomiestunde*, der zu Beginn des Romans über den von einem namenlosen, sich jeder Diagnose entziehenden Schmerz in Nacken und Schultern geplagten Zuckerman auf den Anfangssatz von *Portnoys Beschwerden* anzuspielen scheint, in dem Portnoy von der unlösbaren Verbundenheit spricht, die er zu seiner Mutter verspürt. Während der sterbende Vater den Sohn in *Zuckermans Befreiung* als *Bastard* verflucht, hinterlässt Zuckermans Mutter bei ihrem Tod einen Zettel, auf dem statt ihres Namens das Wort *Holocaust* steht. *Zuckerman war sich ziemlich sicher, daß sie vor jenem Morgen das Wort Holocaust noch nicht einmal ausgesprochen hatte*, so der Erzähler, der den Zettel für Zuckerman zu dem persönlichen Memento einer fremden Erfahrung werden lässt, die sich seiner Vorstellungskraft ebenso entzieht wie die Lähmung seiner Kreativität und seines Lebensmutes. *Jetzt hatte sie einen Tumor, der so groß wie eine Zitrone war und anscheinend alles außer diesem einen Wort aus ihrem Gehirn verdrängt hatte. Nur dieses Wort konnte er nicht verjagen. Es mußte schon die ganze Zeit dagewesen sein, ohne daß jemand es geahnt hatte.*[334]

Ohne dieses Wort gäbe es keinen Nathan Zuckerman, keine Zuckerman-Miserc, so Roth, der bereits in frühen Erzählungen wie *The Day It Snowed* und *Verteidiger des Glaubens* auf den Holocaust angespielt hatte und zugleich nie versäumte, Kritikern gegenüber auf das Selbstbewusstsein und die Selbstliebe zu verweisen, die er dem Umstand verdanke, 1933 in Amerika und nicht in Deutschland zur Welt gekommen zu sein. *Ich denke, für die meisten nachdenklichen Juden in Amerika ist der Holocaust einfach immer anwesend, verborgen, untergetaucht, wiederauftauchend, verschwindend, unvergessen. Man macht ihn sich nicht zunutze – man wird von ihm benutzt*[335], so Roth, der sein Selbstbekenntnis während seines Aufenthalts vom Juni 1963 in Israel, das er 1976 erstmals wieder und fortan regelmäßig besuchte, ebenso vehement verteidigt hatte wie seine seit Erscheinen der Erzählungen *Die Bekehrung der Juden* und *Epstein* auch von amerikanischen Juden herausgeforderte Entschlossenheit, sich als jüdischer Schriftsteller von keiner Ideologie oder Rhetorik vereinnahmen zu lassen. In *Die Anatomiestunde* schließlich greift Roth Irving Howes im Dezember 1972 im «Commentary» erschienene Kritik auf und macht Zuckerman zur Zielscheibe des jüdischen Literaturkritikers Milton Appel, der Zuckermans Werk im Frühjahr 1973 einer vernichtenden Revision und Demontage unterzieht, um ihn nach dem Angriff ägyptischer und syrischer Streitkräfte auf Israel wenige Monate später aufzufordern, *in einem Artikel Partei für den jüdischen Staat zu ergreifen*[336]. Während sich der Titel von Roths Roman nicht allein auf Zuckermans schmerzgelähmte Physis bezieht, sondern auch auf Danilo Kiš' Buch «Anatomiestunde», in dem Kiš die «nie gesehene Hetzkampagne»[337] gegen seinen 1976 im kommunistischen Jugoslawien erschienenen Roman «Ein Grabmal für Boris Dawidowitsch» denunziert und eine polemische, sich gegen das totalitäre System erhebende Poetologie entwirft, die Roth auch für sein eigenes Werk zu beanspruchen scheint, berührt Appel mit seiner beleidigenden Forderung den Schmerzpunkt von Zuckermans Biographie und zwingt Roths Protagonisten zur Auseinandersetzung mit den *jüdischen Dämonen* seiner Väter, deren Austreibung für Zuckerman, *Amerikaner in zweiter Generation*, bisher *sein einziges Thema* gewesen war. *Es ist doch wohl klar, daß ich gegen die Vernichtung der Juden bin. Das zu bezweifeln, wäre doch unsinnig*, so Zuckerman, für den Appels Aufforderung, sein *Gewissen zu entlasten* und sich durch eine öffentliche Verlautbarung mit Israel solidarisch zu erklären, die empörende Pervertierung der bereits dem jungen Zuckerman von seinem Vater abverlangten jüdischen Loyalität darstellt. *Aber ich bin keine Autorität in puncto Israel. Ich bin eine Autorität in puncto Newark. Nein, nicht einmal in puncto Newark, sondern nur, was das Weequahic-Viertel von Newark betrifft,*[338] so der Zuckerman der *Anatomiestunde*, der in einer Fiktion des vier Jahre später erschienenen Romans *Gegenleben* schließlich nach Israel fliegt, um seinen aus den Zwängen einer bürgerlichen Existenz als Familienvater und Zahnarzt ausgebrochenen Bruder Henry zur Rückkehr nach Amerika zu bewegen, was Roth Gelegenheit bietet, seinen Protagonisten mit der Dialektik widersprüchlicher, teils unvereinbarer privater wie politischer Positionen zu konfrontieren und die in *Der Ghost Writer, Zuckermans Befreiung* und *Die Anatomiestunde* unternommene Prüfung seines Selbstverständnisses als amerikanischer Jude an den Wurzeln fortzusetzen. *Erzähl mir eins, ist es überhaupt denkbar, wenigstens außerhalb deiner Bücher, daß du einmal in einem Bezugsrahmen denken könntest, der ein bißchen größer ist als der Küchentisch in Newark?*, so Zuckermans Bruder, der die Vergangenheit seines inzwischen als *Selbstverleugnung* empfundenen säkularisierten Lebens in der amerikanischen Diaspora hinter sich gelassen hat und in Judäa als Jünger eines charismatischen zionistischen Ideologen an der Gestaltung von Geschichte teilzuhaben hofft. *Der Küchentisch in Newark ist nun einmal zufällig die Quelle deiner jüdischen Erinnerung, Henry*, so Zuckermans Entgegnung, in der man unschwer die biographische Färbung durch Roths eigene, in den Straßen von Weequahic, seinem Elternhaus in der Summit Avenue geprägten Überzeugung erkennt – *das ist das Zeug, mit dem wir großgeworden sind.*[339]

«Liefern Sie sich dem aus, was wirklich ist»

Roth und Claire Bloom verbrachten für gewöhnlich die Wintermonate bis ins Frühjahr in London, wo Bloom ihre Karriere als Schauspielerin fortsetzte und etwa neben Laurence Olivier in der Fernsehserie «Wiedersehen mit Brideshead» auftrat. In Connecticut, wo Roth in gewohnter Weise seiner Arbeit nachging, beschränkte sich das soziale Leben des Paares meist auf Abendessen mit Freunden, wie dem im nahen Roxbury lebenden Arthur Miller, und die gelegentlichen Ausflüge nach New York. «Dies ist kein Feriendomizil», so der Schriftsteller Richard Stern, der zu den Gästen zählte, die Roth und Bloom nach Connecticut einluden. «Die Sache ist die, dass es keine Ferien gibt.»[340] 1985 adaptierte Roth *Die Prager Orgie* fürs englische Fernsehen; im Frühjahr 1986 beendete er die dreijährige Arbeit an dem Roman *Gegenleben*, für den er im folgenden Jahr mit dem National Book Critics Circle Award ausgezeichnet wurde. Im März 1986 erinnerte er mit einem Artikel in der «New York Times» an den verstorbenen Bernard Malamud, dessen 1957 erschienener Roman «Der Gehilfe» Roth in dem Vertrauen auf die Möglichkeiten einer dem Milieu der eigenen Herkunft verbundenen Literatur bestärkt hatte; im September besuchte er Primo Levi in Turin. Roth litt an starken Rückenschmerzen und hatte sich im Laufe der Jahre wiederholt Operationen unterzogen; die Medikamente, die er gegen eine fortgeschrittene Arteriosklerose einnahm, machten eine Herzoperation vorerst nicht erforderlich. Im Frühjahr 1987 wurde ein Eingriff an einem schmerzenden Knie vorgenommen, der sich schließlich zu *einer längeren physischen Qual auswuchs, die zu einer tiefen Depression führte* und Roth *bis an den Rand emotionaler und geistiger Auflösung brachte.*[341]

«In der Stille von Connecticut begann er Albträume zu haben», so Claire Bloom in ihren Memoiren. «In einem, den er mir beschrieb, erwachte der Fries des Alphabets, der die Wände seines Kinderzimmers umlaufen hatte, zum Leben und quälte

Roth und Claire Bloom in London, 1990

ihn.»³⁴² Roth litt an Konzentrationsstörungen, einer lähmenden Erschöpfung: Das Schlafmittel, das ihm sein Arzt verschrieben hatte, rief Halluzinationen hervor, die Roth *Tag und Nacht* peinigten, *eine Herde wildgewordener Tiere, die ich durch nichts zum Stillstand bringen konnte*, wie es in dem 1993 erschienenen Roman *Operation Shylock* heißt, in dem Roth den fünf Jahre zuvor erlittenen Zusammenbruch zum Ausgangspunkt einer halluzinativen, in die Inkohärenz einer unlesbaren Wirklichkeit hineinphantasierten Geschichte macht, in der ein Icherzähler namens Philip Roth in Jerusalem auf seinen eigenen Doppelgänger trifft. *Meine einzige Chance, bis zur Morgendämmerung durchzuhalten, ohne daß ich völlig den Verstand verlor, bestand darin, mich an einer glückverheißenden Vorstellung aus meiner unschuldigsten Vergangenheit festzuklammern*, so Roth zu Beginn von *Operation Shylock*, an dem der Erzähler *in einer Art von Konvulsion der Sehnsucht*[343] eine Kindheitserinnerung heraufbeschwört, in der er Hand in Hand mit seinem älteren Bruder zum Strand von Bradley Beach hinabspaziert.

«An diesem Punkt», so Bloom, die in ihren Memoiren eine Chronologie des etwa dreimonatigen Martyriums liefert, das nach Erscheinen von *Gegenleben* 1987 Roths neue Schaffensphase einleitete, «begann er einen erschütternden, regressiven Rutsch zurück in seine frühe Kindheit. Philips Mutter war im August [sic!] 1981 gestorben, und jetzt wurde er wieder zu ihrem kleinen Jungen. Er klammerte sich an mich wie nie zuvor, sein ganzer Körper zitterte vor verzweifeltem Verlangen nach mütterlicher Tröstung und Beschwichtigung.»[344] Roth lässt in seinem acht Jahre später erschienenen Roman *Sabbaths Theater* die Erinnerungen des vierundsechzigjährigen Protagonisten bezeichnenderweise zum ersten Mal in die Kindheit zurückkehren, als ihn in den Armen seiner Geliebten *die heftigste Sehnsucht nach seinem lieben verstorbenen Mütterchen*[345] zerreißt. *Wie gegenwärtig bist du genau, Ma? Bist du nur hier, oder bist du überall?*, so Sabbath, dessen ödipales Verlangen nach der bereits von Alexander Portnoy als *unvergeßlichster Mensch in meinem Leben*[346] bezeichneten Mutter eine wahnhafte Rückkehr der Toten heraufbeschwört, in der sich nicht zuletzt Sabbaths Auflehnung gegen die eigene Sterblichkeit offenbart. *Die Erscheinung war unheimlich, unbegreiflich, lächerlich, aber dennoch real: wie auch immer er sich das erklärte, er konnte seine Mutter nicht zum Verschwinden bringen.*[347]

Ich frage mich, so Roth in *Tatsachen*, seiner 1988 erschienenen Autobiographie, in der er die Ereignisse des Vorjahres rekapituliert und den *Schmerz über den Verlust einer Mutter* als unterschwelliges Motiv für das Verfassen des Buchs vermutet, *ob ein Ausbruch von Sehnsucht nach elterlicher Nähe, bedingt durch einen Zusammenbruch, bei einem fünfundfünfzigjährigen Mann nicht tatsächlich der Stein von Rosette zu diesem Manuskript ist.*[348] Roth hatte das ihm verschriebe-

R. B. Kitaj:
Porträt von Philip
Roth, 1985.
Kohle auf Papier,
77,5 × 57,2 cm.
New York,
Marlborough
Gallery

ne Schlafmittel abgesetzt, sobald es als Auslöser seines Kollapses identifiziert worden war; im Spätsommer waren er und Bloom nach New York gezogen, wo sie mehrere Monate in einem Hotel wohnten und nach einem Apartment in Manhattan suchten, weil «die trappistische Abgeschiedenheit unseres Landlebens», so Bloom, die schließlich auch ihren Wohnsitz in London aufgab, «für uns beide zu einer Bedrohung geworden war».[349] Mit der nichtfiktionalen Erzählung von *Tatsachen*, in der Roth seinen Erinnerungen an die Kindheit in Newark, die Studienjahre in Bucknell und anderen *Ursprungsmomenten* seiner Biographie nachgeht, unternahm er den Versuch, sich das ihm durch den Zusammenbruch entrissene Leben *wiederanzueignen*, sein ohnehin als «amorph» empfundenes, in der Krise nahezu unkenntlich gewordenes Selbstbild zu festigen und auf diese Weise für sich selbst *sichtbar* zu werden. *Ich frage mich, ob es mir nicht beträchtlichen Trost bereitet hat, mich auf mich selbst in einer Zeit im Leben zu besinnen, in der man sich mit der Trauer, die der Tod der Eltern bereiten kann, nicht abzugeben braucht*, so Roth, der seine Lebenskräfte schon bald erneuert hatte und Anfang 1988 nach Israel reiste, um für die «New York Times Book Review» den Schriftsteller Aharon Appelfeld zu interviewen und in Jerusalem den Prozess gegen den mutmaßlichen KZ-Aufseher John Demjanjuk zu verfolgen: *[in einer Zeit]*, so Roth, *in der man [den Tod der Eltern] nicht wahrnimmt und nicht fürchtet und das eigene Abtreten unausdenklich ist, weil die Eltern wie eine schützende Barriere davor sind.* Als bei seinem inzwischen sechsundachtzigjährigen Vater im Frühjahr 1988 ein Hirntumor diagnostiziert wurde, hatte Roth seine *Fiktionsmüdigkeit* bereits überwunden und die *Fähigkeit zur Selbstverwandlung*[350] wiedererlangt; im August 1989 entging Roth in seinem Haus in Connecticut, wo er und Bloom den Sommer verbrachten, nur knapp einem Herzinfarkt und musste sich in New York einer Notoperation unterziehen. Als Herman Roth im Oktober starb, hatte sein Sohn das eindeutige, im Tatsachenbericht seiner Autobiographie fixierte Ich längst wieder entfesselt und in die Fiktion eines in London lebenden amerikanischen Schriftstellers namens «Philip» befreit, der in Roths Anfang 1990 in einer Auflage von 100 000 Exemplaren erschienenen Dialogromans *Täuschung* ein intimes Bettgeflüster mit seiner Geliebten führt. Das unbändige sexuelle Begehren, das aus *Täuschung* spricht, die verführerischen erotischen Phantasien, die Claire Bloom bei der Lektüre des Manuskripts weitaus weniger empörten als ihr mutmaßliches Porträt als eifersüchtige, hintergangene Ehefrau des Schriftstellers, ist dabei ein ähnlich energischer Ausdruck von Selbstbehauptung und Überlebensdrang wie der in dem Anfang 1990 begonnenen Roman *Operation Shylock* unternommene Versuch des fiktiven Icherzählers «Philip Roth», seinen gleichnamigen Doppelgänger zu bezwingen. Der Literaturwissenschaftler Ira B. Nadel sieht in ihm die «zahlreichen und miteinander ringenden Selbste Philip Roths»[351] verkörpert, die 1987 während des durch Medikamente verursachten Zusammenbruchs zum Vorschein gekommen waren. Doch bevor Roth in *Operation Shylock* die *Improvisationen über eine Identität* ins Pathologische treiben konnte, *die wahnwitzige Mehrdeutigkeit dieses «Ich»*[352], wie es in *Täuschung* heißt, drohte ihn der Tod seines Vaters zum Plagiator Nathan Zuckermans zu machen, der in *Zuckermans Befreiung* nach der Rückkehr von der Beerdigung seines in Florida gestorbenen Vaters ein letztes Mal durch Newark fährt. *Vorbei. Vorbei. Vorbei. Vorbei. Vorbei*, so Zuckerman, der am Ende des Romans im Weequahic des Jahres 1969 unweit der Chancellor Avenue in einer parkenden Limousine sitzt und von einem jungen Schwarzen gefragt wird, wer er sei. *«Niemand», erwiderte Zuckerman, und damit hatte sich's. Du bist keines Mannes Sohn mehr, du bist nicht mehr der Ehemann einer guten Frau, du bist nicht mehr deines Bruders Bruder, und du kommst nicht mehr von irgendwoher.*[353]

Es mag Leute geben, die veranlagungs- oder berufsmäßig besser auf das vorbereitet sein mögen, was passierte. Ich wusste, dass mein Vater nicht ewig leben würde, so Roth, der seinen in Elizabeth wohnenden Vater im Jahr seines Sterbens begleitet hatte. *Aber wusste ich es wirklich?* In *Mein Leben als Sohn*, seinem meditativen, im Laufe des Annus horribilis entstandenen Buch, setzt Roth sich einer schonungslosen Selbstbefragung aus und schreibt nicht nur ein Porträt Herman Roths, in dem er dessen Andenken bewahrt, sondern auch ein Bekenntnis, dessen Kraft schließlich noch in späten Romanen wie *Verschwörung gegen Amerika, Jedermann* oder *Empörung* spürbar ist. *Seit seinem Tod*, so Roth, der im Frühjahr 1990, nach fünfzehn Jahren des Zusammenlebens, in die Ehe mit Claire Bloom einwilligte und diese im April in New York heiratete, *ist das Leben meines Vaters vor meiner Geburt sehr viel lebendiger für mich geworden. Ich sehe die Ganzheit seiner Geschichte auf eine Weise wie nie zuvor. […] Ich habe mir Fotos von ihm in seinem Büro angesehen […]. Ich war gebannt von diesen Fotos, obwohl ich viel über seine Arbeit in der Versicherungsbranche wusste und als Kind nie davon ausgeschlossen war. Sich diese Fotos anzusehen, war sehr lehrreich, aber wozu dieser Unterricht gut ist, kann ich nicht sagen*, so Roth in einem Interview zum Erscheinen von *Mein Leben als Sohn* im Januar 1991. *Man entdeckt, dass das, was man weiß, so unvollständig, so wenig ist. Man entdeckt außerdem, wie stark das Band zwischen Vater und Sohn ist, die Totalität – kulturell, persönlich, biologisch, historisch.*[354]

Roth hatte schon 1985 in *Die Prager Orgie* über den perversen Gestaltungsdrang historischer Prozesse geschrieben: Schon *Gegenleben*, in dessen antithetischen und letztlich aus-

Handschriftlich korrigierte Seite eines frühen Typoskripts
von «Mein Leben als Sohn», 1989

weglosen Fiktionen Nathan Zuckerman wie sein nach Israel geflohener Bruder versucht, der Geschichte seiner amerikanischen Herkunft zu entrinnen und sich in England mit einem Leben als sittsamer Familienvater neu zu erfinden, war Ausdruck von Roths wachsendem Bewusstsein, selbst in eine historische Erzählung eingebunden zu sein, deren Sogkraft er sich nicht entziehen konnte. *England hat mich zu einem Juden gemacht, England hat mich zu einem Amerikaner gemacht*[355], so Roth, der im Laufe der mit Claire Bloom halbjährlich in London verbrachten Jahre ein zunehmendes Gefühl der Isolation und der kulturellen Entfremdung entwickelt hatte und 1988, nach der Genesung von seinem Zusammenbruch, schließlich auch deshalb nicht mehr zu einer Rückkehr nach England zu bewegen war, weil er so stark wie zuletzt nach der Ermordung John F. Kennedys und dem Krieg in Vietnam spürte, wie unlösbar das Band, das ihn mit seinen Eltern und mit seiner Kindheit in Newark verknüpfte, mit der Totalität einer noch mächtigeren Geschichte verschlungen war.

«Wann immer ich mich in England an einem öffentlichen Ort aufhalte, in einem Restaurant, auf einer Party, im Theater, und jemand erwähnt zufällig das Wort ‹Jude›, dann bemerke ich, daß sich jedesmal die Stimme ein ganz klein wenig senkt.» – «Tut sie das wirklich?» – «Ähnlich, wie die meisten Leute ‹Scheiße› in der Öffentlichkeit sagen, so sagt ihr alle ‹Jude›. Die Juden eingeschlossen.» – «Ich glaube wirklich, daß nur du so etwas bemerken würdest.» – «Das heißt noch lange nicht, dass es nicht so ist.» – «Gott, du bist der Sohn deines Vaters, nicht wahr?» – «Wessen Sohn sollte ich denn sonst sein?» – «Nun ja, das ist einfach alles ein bißchen überraschend, nachdem man deine Bücher gelesen hat.» – «Tatsächlich? Dann lies sie noch mal.»

Täuschung, S. 66 f.

«Als ich ihn im Frühjahr 1989 besuchte und er und Claire Bloom sich in einer hellen, kühlen, geordneten Wohnung auf der West Side in der Nähe des Parks eingerichtet hatten, zeigte er mir seinen Teil von New York, als ob er ihn gerade erfunden hätte», so die Literaturkritikerin Hermione Lee, die Roth 1990 für «The Independent on Sunday» porträtierte und in ihrem Artikel die Faszination schildert, die Roth angesichts der facettenreichen Farbigkeit, der Energie und der erregenden Widersprüchlichkeit des amerikanischen Alltags empfand, in der Lee die abermalige Vertiefung des *amerikanischen Selbstverständnisses*[356] seiner «Baseball-Jahre» sah, die Roth in *Tatsachen* als eine Urerfahrung seiner Kindheit beschreibt. «Jetzt, da Odysseus von seinen Reisen zurückgekehrt war», so Lee, «schien er diese Begeisterung nachzuvollziehen.»[357]

Ich ging durch New York und sagte zu mir: «Ich bin zurück! Ich bin zurück!»[358], so Roth, der nach dem überwundenen Zusammenbruch, nach seiner überstandenen Herzoperation in mehr als nur einer Hinsicht in sein eigenes Leben zurückgekehrt war und den Tod seines Vaters schließlich ebenso selbstverständlich in die eigene Erzählung einband wie den Fall des Eisernen Vorhangs, der Roth im Herbst 1989 und während seines anschließenden Besuchs in Prag abermals die überraschende und gewaltige Schöpfungskraft der Geschichte vor Augen führte, die er in seinem 1993 mit dem PEN/Faulkner Award ausgezeichneten Roman *Operation Shylock* schließlich in die provokante historische Phantasie seines Doppelgängers übersetzte, der im Jerusalem des Jahres 1988 als Vertreter eines Diasporismus die *Verstreuung der Juden im Westen* und die Rücksiedlung der israelischen Juden in *die Städte und Städtchen ihrer Herkunft*[359] propagiert. *Meine Faszination angesichts des Lebens in Amerika war erneuert, als wäre ich ein Einwanderer,* so Roth, der nach der Rückkehr auch seine Lehrtätigkeit fortsetzte und bis 1991 am Hunter College der City University of New York Kafka und die «Schriftsteller aus dem anderen Europa» lehrte, *die Literatur der Extremsituationen*[360], wie er Hermione Lee sagte. Roth besuchte wieder die Spiele der Mets im Shea Stadium und unterzog schließlich auch die großen amerikanischen Romane des zwanzigsten Jahrhunderts einer neuerlichen Lektüre. *Aber ich war ein Einwanderer, der bereits alles kannte.*[361]

Seine neu entfachte Liebe zu Amerika schien schon bald mit einer Entfremdung von Claire Bloom einherzugehen, die in ihren Memoiren schreibt, dass Roth sich etwa zwei Jahre nach ihrer Heirat «emotional von mir zurückzuziehen begann»[362]. Erstmals in seiner Laufbahn hatte er 1992 eine landesweite Lesereise unternommen und *Mein Leben als Sohn* vorgestellt, Anfang 1993 setzte er diese fort. Im März 1993 feierte Roth seinen sechzigsten Geburtstag. Wenige Tage zuvor war im «New Yorker» John Updikes Rezension von *Operation Shylock* erschienen, in der Updike konstatierte, dass Roths Werk «eine sich immer feiner verzweigende, durchscheinende Pseudo-Autobiographie» darstelle, seine «sich verengende und vergrößernde Faszination von sich selbst», mit der «schmerzhaften Possenreißerei» der beiden sich in *Operation Shylock* als widerstreitende Antagonisten gegenüberstehenden Philip Roths jedoch «zu einer Ebene vorgedrungen» sei, wo das, «*was Jung ‹die Unkontrollierbarkeit wirklicher Dinge› nennt*, eintritt».³⁶³ Updikes Kritik an seinem Roman, so Bloom, habe Roths Gemütsverfassung schwer erschüttert. Als auch der erwartete Verkaufserfolg des Buchs ausblieb und das «Time Magazine» Bloom zufolge «das Angebot einer Titelgeschichte zurückzog», habe sich die Euphorie, die Roth vor der Veröffentlichung verspürt hatte, in ihr «polares Gegenteil» verkehrt. «Seine Liebe zu mir schien zuzunehmen; sein Bedürfnis nach Trost und Bestärkung durch meine Gegenwart verstärkte sich. Doch die andere Seite dieser Bedürftigkeit war eine obsessive Furcht, in eine zu große Abhängigkeit zu geraten»³⁶⁴, so Bloom, deren Memoiren auch die tagebuchartigen Notizen der folgenden Monate enthalten, aber trotz aller Faktizität nur ein eindimensionales, verzerrtes Bild von Roth zeichnen und beispielsweise unerwähnt lassen, dass dieser im April 1993 bereits an *Sabbaths Theater* schrieb. «Im Sommer 1993 litt er wieder an Depressionen. Mitte des Sommers begab er sich in eine psychiatrische Klinik», so die Schriftstellerin Patricia Bosworth in ihrer Rezension von Blooms 1996 erschienenem Buch, das schließlich nur ein schwaches Licht in jene Art der Finsternis zu werfen vermag, die Roth in der Fiktion seines 2009 erschienenen Romans *Die Demütigung* am Beispiel seiner Figur, des Schauspielers Simon Axler, bis in die feinsten Risse der seelischen Erosion ausleuchtet. «Während des Klinikaufenthalts teilte Mr. Roth Ms. Bloom mit, dass er eine Scheidung wolle. […] Später erfuhr Ms. Bloom, dass er sie für eine andere Frau verlassen habe, die eine enge Freundin gewesen sei», so Bosworth, die an den Memoiren bemängelt, dass Bloom vermeide, sich selbst «die wirklich schwierigen Fragen»³⁶⁵ zu stellen. *Es war eine Selbsttravestie entstanden, die es zuvor nicht gegeben hatte, eine Selbsttravestie, die sich auf nichts gründete. Er war diese Selbsttravestie. Wie hatte es dazu kommen können? War es nur eine Frage der Zeit gewesen, bis Verfall und Zusammenbruch eingesetzt hatten? War es eine überraschende Manifestation des Alters?*, so Simon Axler, der gefeierte Theaterschauspieler, der in *Die Demütigung* mit Anfang sechzig grundlos, unerklärlich sein Talent verliert, *seinen Zauber*³⁶⁶, wie Roth in dem Roman schreibt, in dem er so lapidar wie eindringlich von einem weiteren Menschen erzählt, der der Tyrannei der Wirklichkeit erliegt.

«Du sollst nichts vergessen»

A*ber Schreckliches geschieht den Menschen immerzu*[367], wie es in *Sabbaths Theater* heißt, Roths 1995 mit dem National Book Award ausgezeichneten «Nervenzusammenbruch in Form eines Romans»[368], der in Wahrheit doch eine triumphale Selbstentfesselung ist. *Menschen gehen kaputt. Das Altwerden ist auch nicht gerade förderlich,* so der aussichtslose Versuch einer der am Abgrund des Lebens nach Halt suchenden Figuren, die innere Kausalität des Irrationalen zu erklären, das Roths alterndem *Mönch des Fickens,* den mit der offenen Wunde seiner unstillbaren Sehnsüchte umherstreunenden Puppenspieler Mickey Sabbath, längst selbst ergriffen hat. *Irgendeine Erschütterung macht sie um die Sechzig fertig – die Teller klappern, die Erde fängt an zu beben, und alle Bilder fallen von der Wand.* Indem er den vierundsechzigjährigen Sabbath im Drama dieser Erschütterung mit den Lebenden wie mit den Toten ringen lässt und das *Hirngespinst der Unendlichkeit* untrennbar mit dem *Faktum der Endlichkeit*[369] verbindet, verleiht Roth seiner Figur das grandiose Pathos eines tragischen Helden.

Das Hirngespinst der Unendlichkeit ist natürlich das Hirngespinst eines jungen Menschen. Es ist ein unsinniges Hirngespinst, so Roth, der im Augenblick der Krise des Jahres 1993 in *Sabbaths Theater* den mit *Die Anatomiestunde* begonnenen Erzählstrang aufgriff und den von Schmerz und Krankheit, dem quälenden Wissen um die eigene Vergänglichkeit befallenen menschlichen Körper zum Schauplatz machte. *Ich kann nicht sagen, ob mein Interesse am Altern und am Tod zu einem verhältnismäßig frühen Zeitpunkt einsetzte,* so Roth, der *Sabbaths Theater* zwei engen Freunden, der 1991 verstorbenen Schriftstellerin Janet Hobhouse und dem 1994 verstorbenen Soziologen Melvin Tumin, widmete, *aber der Tod ist natürlich eines der großen Themen für einen Schriftsteller. Ebenso wie das Leben.*[370] Während Alexander Portnoy oder David Kepesh in *Die Brust* noch ganz in den erotischen Gelüsten ihrer virilen Körper gefangen sind, werfen *Die Anatomiestunde* und *Sabbaths Theater* bereits Schatten auf den 2001 erschienenen Roman *Das sterbende Tier,* auf *Exit Ghost* und das

Quartett der zwischen 2006 und 2010 veröffentlichten *Nemeses: Short Novels*, zu denen neben *Die Demütigung* auch *Jedermann* gehört, dessen namenloser, am Ende einundsiebzigjähriger Protagonist nur wenige Tage vor dem eigenen Tod am Grab seiner Eltern mit deren Knochen spricht und von dem zärtlichen Verlangen erfüllt ist, das Leben noch einmal haben zu können.

«*Die Geschichte eines Lebens*», so ein *Das sterbende Tier* vorangestelltes Zitat, das die ganze Tragik der um die Vergänglichkeit wissenden alternden Helden von Roths späten Büchern enthüllt, «*ist im Körper ebenso enthalten wie im Gehirn*»[371]: In der wütenden Rhapsodie von *Sabbaths Theater*, in der Roths von den Kräften einer inneren Verdrängung getriebener Held des Nachts onanierend auf dem Grab seiner Geliebten liegt und sich von dieser gern in den Tod verführen ließe, bewahrt Sabbaths zum Leben verdammter Körper jedoch auch die Erinnerung an eine Geschichte, von deren tiefster Bedeutung sein Verstand lange kaum etwas weiß. *Sabbath Antagonistes, schon 1956 wegen obszönen Verhaltens eingebuchtet*, so der Erzähler über den früheren Straßenkünstler und Begründer des Unzüchtigen Theater Manhattan, der sich im April 1994 erstmals nach dreißig Jahren wieder nach New York begibt, um an der Beerdigung eines Freundes teilzunehmen. *Sabbath Absconditus, was war aus ihm geworden? Sein Leben war eine einzige lange Flucht – wovor?* Als Sabbath am Ende des Romans, am Ende einer Reise ins Dunkel seiner selbst, wo er wie die blinden Helden des Shakespeare'schen Theaters die Wahrheit schließlich erst im Augenblick des Wahns erkennt, abermals am Grab seiner Geliebten steht, trägt er die amerikanische Flagge wie der verrückte Lear sein zerschlissenes Gewand. *Die würde er nie mehr ablegen – wozu auch? Auf dem Kopf hatte er das rot-weiß-blaue Gebetskäppchen mit dem V für Victory und Gott schütze Amerika.*[372] Der Weg zur Selbsterkenntnis endet für Sabbath in einem bizarren Bekenntnis zu seiner amerikanisch-jüdischen Identität.

Wenn ich kein Amerikaner bin, bin ich nichts, so Roth, der den wenige Jahre zuvor in *Operation Shylock* in Israel ausgetragenen Identitätskampf zweier Antagonisten in *Sabbaths Theater* in die monströse Gestalt einer einzigen Figur zwang und diese zurück auf die offene Bühne Amerikas schleuderte, wo Roth sich zu Beginn der neunziger Jahre selbst in einem schweren Existenzkampf befand. *Mir wurde nicht nur Leben und Atem und ein Körper und ein Gehirn geschenkt, mir wurde auch ein Geburtsort geschenkt und alles, was davon herrührt. Und was davon herrührt, ist alles. Alles. Die Art zu sprechen, was man sagt, was man sieht*[373], so Roth, für den sich der 1993 und 1994 aus dem Schmelzpunkt widersprüchlichster Gefühle hervorgegangene Roman als kreativer Meltdown erwies, der ihn ähnlich wie Mickey Sabbath, der im Tod seines als Kampfflieger im Zweiten Weltkrieg getöteten Bruders schließlich den Ursprung seiner *unbändigen Selbstzerfleischung* entdeckt, mit dem *selbstzerstörerischen Übermut der letzten Achterbahn*[374] der Vergangenheit entgegenschleuderte. *Dieser Beiname «amerikanisch-jüdischer» Schriftsteller hat keine Bedeutung. Jude ist lediglich eine andere Art und Weise, Amerikaner zu sein. Es gibt keine Trennung, nicht in Amerika, nicht für mich, nicht für meine Generation.* Mit der Figur des freizügigen, keinem Gott und keinem Präsidenten dienenden Mickey Sabbath stellte Roth die in *Gegenleben* und *Operation Shylock* unternommene Erkundung gegensätzlicher jüdischer Identitäten ein – zugunsten der von Debra Shostak konstatierten «Rückverwandlung zu den starken Energien einer verinnerlichten Lokalität und Sprache»[375], die den Romanen der Amerikanischen Trilogie vorausging. *Ich wurde als Amerikaner historisiert*, so Roth, der *Sabbaths Theater* 1997 als Reaktion auf die in England empfundene kulturelle Entwurzelung und *meine Wiederentdeckung Amerikas* bezeichnete, als sein *erstes amerikanisches Buch: Ich habe [in Amerika] nie so etwas wie Entfremdung gefühlt, weil ich ein Jude bin. Ich fühle mich zutiefst entfremdet von vielen Formen des amerikanischen Lebens, aber nicht, weil ich ein Jude bin*, so Roth. *All mein Gift ist amerikanisches Gift.*[376]

Während Sabbaths Hass auf das seelenlose und korrupte New York der neunziger Jahre, *dessen Abscheulichkeiten* in Sabbaths Augen *das wahre Gesicht des Massenmenschen zeigten*, Ausdruck eines negativen Patriotismus zu sein scheint, wie ihn Roth bereits 1960 in dem Essay *Amerikanische Romane schreiben* darlegte, zeugt die sprachliche Eruption dieses Hasses, seine Vitalität und Kraft, seine bohrende Penetranz, von einer leidenschaftlichen Verbundenheit. *Wenn ich schreie, fange ich gerade erst an, richtig zu denken! Ich schreie, w e i l ich so rational bin! Wenn Juden n a c h d e n k e n, schreien sie i m m e r*[377], so Sabbath, dessen monologisierendes Tempera-

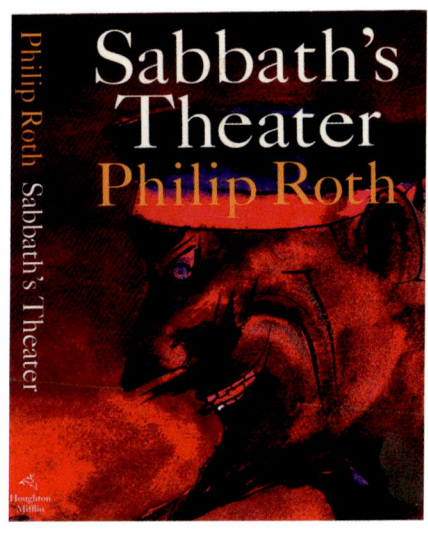

Schutzumschlag der amerikanischen Erstausgabe von «Sabbath's Theater» (Houghton Mifflin, Boston 1995) unter Verwendung des Gemäldes «Matrose und Mädchen» (1925) von Otto Dix

ment Portnoys Empörung ebenso anklingen lässt wie Roths Ende der achtziger Jahre gegenüber Hermione Lee geäußerte Beschwerde, er könne England *nicht hören*, weil *niemand einen anderen anschreit*.378 Nicht das Thema, so Roth, mache seine Bücher zu jüdischen Büchern, sondern *die Nervosität, die Reizbarkeit, das Streiten, das Dramatisieren, die Empörung, die Besessenheit, die Empfindlichkeit, das Schauspielern – doch vor allem das Reden*, so Roth 1984 über das vitale Timbre seiner Prosa, das für *Portnoys Beschwerden* nicht weniger charakteristisch ist als für *Die Anatomiestunde* oder *Operation Shylock* und im Feuer von Sabbaths Hass auf alle menschlichen oder gesellschaftlichen Entartungen im *Zeitalter des totalen Schunds*379 abermals Glut und Funken sprüht: *Das Gerede und das Geschrei. Juden hören damit einfach nicht auf,* so Roth 1984 über die spezifisch jüdische Sensibilität seines Werks. *Das Buch wird nicht jüdisch durch das, worüber geredet wird, sondern insofern es sich einfach nicht zum Schweigen bringen lässt. Das Buch lässt Sie nicht in Ruhe. Es hört nicht auf. Kommt zu nahe.*380 Während Roth mit Sabbaths *unkontrolliertem Trudeln, bei dem das Leben noch einmal rückwärts erlebt wurde*381, mit der schmerzhaften Bewegung, in der sich Sabbath aus der von den Geistern seiner Toten heimgesuchten Gegenwart des Jahres 1994 in die Vergangenheit zurückschraubt, die in *Tatsachen* und *Mein Leben als Sohn* unternommene Auseinandersetzung mit den biographischen «Ursprungsmomenten» in die Fiktion eines Romans übertrug, war es nicht zuletzt Roths rückhaltlose Identifikation mit dem amerikanischen Englisch seiner jüdischen Herkunft, die ihn schließlich auch die Inspirationskraft der Geschichten wiederentdecken ließ, die im Idiom dieser Sprache erzählt worden waren. «Er spricht ziemlich nostalgisch über die Welt, in der er im Newark der dreißiger und vierziger Jahre aufwuchs», so die Journalistin Lynn Darling, die Roth 1991 für «Newsday» porträtierte. «Er war eingebettet in eine Kultur und eine Generation und eine Zeit, so sehr eingebettet, dass es als junger Mann all seiner Kraft bedurfte, um dieser Welt zu entkommen, all seines Zorns, um gegen sie anzuwüten, und all seiner Kunst, um sie zu verstehen.»[382] Als mächtiges Präludium zu den Romanen der Amerikanischen Trilogie ist *Sabbaths Theater* nicht nur Roths ungeteiltes Bekenntnis zu seiner amerikanischen Identität, sondern auch zu dem Mythos, aus dem diese hervorgegangen ist.

«Sabbaths Theater» war für mich vor allem ein Buch über einen Mann, der durch den Tod seines im Krieg ums Leben gekommenen Bruders beschädigt und so tief verwundet wurde, dass er nicht wieder gesunden kann. Sabbaths Verhalten geht auf dieses unglückliche Ereignis zurück. Es ist der Tod des über den Philippinen abgeschossenen Bruders eines seiner engsten Schulfreunde, den Roth zum Ausgangspunkt der Romanhandlung machte. *Es war um 1944, wir waren also elf Jahre alt, und ich sah, wie seine Familie auseinanderbrach. Seinem Vater gehörte ein Metzgerladen, und seine Mutter arbeitete in dem Metzgerladen und fuhr den Lieferwagen. Sie war eine große, starke Frau, und sie verließ für über ein Jahr nicht mehr das Bett.* Roths fiktionalisierte Erinnerungen an das Trauma der Familie seines Freundes sind dreizehn Jahre nach Erscheinen von *Sabbaths Theater* in neuer, nicht minder originärer Form auch in den Roman *Empörung* eingeflossen. *Sein Vater hörte auf zu sprechen*[383], so Roth, dessen Erinnerungen an das bereits in *Tatsachen* und *Mein Leben als Sohn* heraufbeschworene Newark seiner Kindheit mit *Sabbaths Theater* zu einer der bedeutendsten Triebfedern seiner Phantasie wurden und den *wirklich reichhaltigen Newark-Stoff*[384], dessen Roth sich zuerst in *Goodbye, Columbus* und *Portnoys Beschwerden* bedient hatte, auf neue, selbstbewusste Weise zur Quelle der Inspiration werden ließen. *Erinnerung kann eine wunderbare Stimulanz der Vorstellungskraft sein. Man kann nicht aus dem Nichts heraus imaginieren,*

man kann sich nicht nur luftige Phantasien vorstellen, so Roth, der nach Fertigstellung von *Sabbaths Theater* das Anfang der siebziger Jahre begonnene Romanprojekt über den Lederfabrikanten Milton Levov aufgriff und die Geschichte von *Anne Franks Zeitgenossen* vor dem Hintergrund der Nachkriegsära am Beispiel der Tragödie eines in Newark aufgewachsenen Jedermann erzählte, *der nicht darauf vorbereitet ist, daß im Leben etwas danebengeht, geschweige denn, daß etwas Unmögliches eintritt*[385], wie es in *Amerikanisches Idyll* heißt. *Nein, man hat etwas gesehen, man hat etwas gehört oder über etwas gelesen.*[386] In *Amerikanisches Idyll* schließlich griff Roth nicht nur auf seine persönlichen Erinnerungen an das Weequahic der vierziger Jahre zurück, er machte die individuelle, in die Legenden und Mythen eines kollektiven Gedächtnisses verstrickte Erinnerung zum Ausgangspunkt der Erzählung seines Icherzählers Nathan Zuckerman. *Zuckerman ist jetzt ein Beobachter und ein Interpret*, so Roth, der seit der Trennung von Claire Bloom allein in seinem Haus in Connecticut lebte und sich ganz den Anforderungen seiner Arbeit unterordnete. *Er ist ein Verstand, eine Vorstellungskraft. Zuckerman ist der Autor, der das Buch schreibt, das der Leser liest.*[387] Roth lässt Zuckermans Erzählung in *Amerikanisches Idyll* mit der Erinnerung an Seymour Levov beginnen, den charismatischen, im jüdischen Viertel Newarks aufgrund seines nichtjüdischen Aussehens als «der Schwede» bekannten Athleten der Weequahic High School, den der inzwischen zweiundsechzigjährige, seit einer Prostataoperation impotente Zuckerman bereits in seiner Kindheit bewundert hatte und dessen Mythos ihn noch gefangen hält, als ihn der sechs Jahre ältere Levov im Frühjahr 1995 zu einem Treffen einlädt. Zuckerman erinnert sich an die *absolute, unkritische, abgöttische Glorifizierung* des «Schweden», dessen unbezwingbare, in den Kriegsjahren beim Base- oder Basketball zur Schau gestellte *heldenmütige Tapferkeit* die Unversehrtheit der gegen Deutschland und Japan kämpfenden Söhne Weequahics zu garantieren schien. Er erinnert sich an die Aufbruchsstimmung nach Ende des Zweiten Weltkriegs, als Levov eine zur Miss New Jersey gekürte *Schickse* heiratete und in das Unternehmen seines Vaters eintrat, als *dieser von so vielen Menschen als Symbol der Hoffnung vereinnahmte Junge*[388], so Zuckerman, der zu Beginn des mit dem Pulitzer Prize ausgezeichneten Romans den Mythos des

In Asbury Park, New Jersey, 1999

«Schweden» in den bereits erodierenden Abziehbildern seiner kindlichen Bewunderung heraufbeschwört, endlich auch alle Erwartungen der in den Slums des Einwandererviertels von Newark aufgewachsenen jüdischen Väter einlöste. Nachdem Roth in *Sabbaths Theater* das Bild eines Mannes gezeichnet hatte, der sich seit dem Tod seines *im Dienst für sein Land* gestorbenen Bruders *unverwüstlich auf Konfrontationskurs mit dem Leben*[389] befindet, ließ er in *Amerikanisches Idyll* aus den Ruinen des alten, im Zuge der Rassenunruhen des Sommers 1967 vollends in Rauch aufgegangenen Newark das Gegenbild *eines der großen blonden sportlichen Siegertypen* auferstehen, an denen sich das Glücksversprechen des Amerikanischen Traums zu bewahrheiten schien. Als Zuckerman jedoch dem «Schweden», der als Eigentümer der seit dem ökonomischen Zusammenbruch Newarks im Ausland ansässigen Handschuhfabrik «Newark Maid Leatherware» ein geordnetes, von Selbstzweifeln und Kummer unberührtes Leben zu führen scheint, im Frühjahr 1995 in einem kleinen Restaurant gegenübersitzt, hat er den Eindruck, hinter dem unangreifbaren Stahlpanzer der Selbstzufriedenheit des «Schweden», hinter der Oberfläche des festen *Selbstbildes, in das lokaler Ruhm ihn gewickelt hatte*, einer *Verkörpe-*

rung des Nichts ins Auge zu sehen. Erst als er nach dem Tod des «Schweden» von der Bombe erfährt, die Levovs Tochter 1968 im Bollwerk des väterlichen Glücks gezündet hatte, begreift Zuckerman, dass er sich abermals ein falsches Urteil über den «Schweden» gebildet hatte, und beginnt, die Wahrheit über dessen Leben, über dessen wirkliches Ich zu ergründen. *Ich hatte mich getäuscht. Noch nie in meinem Leben hatte ich jemanden so falsch beurteilt.*

Leben heißt, die anderen mißzuverstehen, sie immer und immer wieder mißzuverstehen und sie dann, nach reiflicher Erwägung, noch einmal mißzuverstehen, so Zuckerman, der in *Amerikanisches Idyll* die Poetik der Fehlinterpretation und Missdeutung entwirft, die auch seinen in *Mein Mann, der Kommunist* und *Der menschliche Makel* unternommenen Versuchen zugrunde liegt, sich Klarheit über die *inneren Vorgänge und geheimen Absichten* eines anderen Menschen zu verschaffen. So wie Zuckerman in *Amerikanisches Idyll* den verstorbenen Seymour Levov im Laufe seines Nachdenkens und Schreibens *zur wichtigsten Gestalt meines Lebens*[390] macht, verwickelt er sich in *Mein Mann, der Kommunist* in die Geschichte seines ehemaligen Idols Ira Ringold, dessen inzwischen neunzigjähriger Bruder, Zuckermans früherer Englischlehrer an der Weequahic High School, ihm nach einer zufälligen Begegnung im Sommer 1997 an mehreren Abenden über das Privatleben des 1964 gestorbenen Radiostars erzählt. So wie er in *Amerikanisches Idyll* und *Mein Mann, der Kommunist* die Vergangenheit auf sich einstürmen lässt, gibt Zuckerman schließlich auch in *Der menschliche Makel* das *Experiment des radikalen Rückzugs* auf, *die Beständigkeit des einsamen Lebens in meinem abgelegenen Haus*[391], um die Tragödie seines verstorbenen Nachbarn, des Altphilologen Coleman Silk, zu seinem Thema zu machen. *Es gibt nur Irrtümer,* so Zuckerman, der am Ende von *Mein Mann, der Kommunist* einzig im Sternenhimmel das *kolossale, von keinem Menschen und keinem Missverständnis entstellte Spektakel*

> Unreinheit, Grausamkeit, Mißbrauch, Irrtum, Ausscheidung, Samen – der Makel ist untrennbar mit dem Dasein verbunden. Er hat nichts mit Ungehorsam zu tun. Er hat nichts mit Gnade oder Rettung oder Erlösung zu tun. Er ist in jedem. Eingeboren. Verwurzelt. Bestimmend. Der Makel, der schon da ist, bevor irgendeine Spur davon zu erkennen ist. Es ist nicht zu sehen, und doch ist er da. Der Makel, der so wesenseigen ist, daß er kein Zeichen braucht.
>
> **Der menschliche Makel, S. 271f.**

der Widerspruchslosigkeit erkennt, das die undurchschaubare Inkohärenz des irdischen Wirrsals still überwölbt. *Es gibt nur Irrtümer. Das ist das Wesen der Welt.*[392]

«Der menschliche Makel» wurde durch eine unglückliche Begebenheit im Leben meines verstorbenen Freundes Melvin Tumin, eines langjährigen Soziologieprofessors in Princeton, inspiriert, so Roth über den Ursprung seines mit dem PEN / Faulkner Award ausgezeichneten Romans, in dem sich der neunundsechzigjährige Silk, *einer der ersten Juden in Amerika, die klassische Literatur lehren durften*, nach mehreren Jahrzehnten der Lehrtätigkeit an einem Provinzcollege mit einem absurden Rassismusvorwurf konfrontiert sieht. Während der in den fünfziger Jahren mit einer Studie über die Aufhebung der Rassentrennung bekannt gewordene Tumin sich von der im Herbst 1985 erhobenen Anschuldigung befreien konnte, zwei afroamerikanische, ihm gänzlich unbekannte und bei der Überprüfung einer Anwesenheitsliste lediglich durch ihr Fehlen aufgefallene Studenten als *dunkle Gestalten, die das Seminarlicht scheuen*[393], vorsätzlich diskriminiert zu haben, machte Roth dieses Geschehen zur Katastrophe eines Dramas, an der nicht nur Coleman Silks akademische Karriere zerbricht, sondern unausweichlich auch sein Leben. *[Diese Begebenheit] ist der Kern des Buches. Ohne sie gibt es keinen Roman. Ohne sie gibt es keinen Coleman Silk.* Roth verlegte den Vorfall der *institutionellen Schikane* in Der menschliche Makel in das Jahr 1996 und erfand mit Coleman Silk eine Figur, die mit dem 1919 in Newark geborenen Tumin keinerlei Ähnlichkeiten aufweist, zumal *Menschen*, wie es in *Gegenleben* heißt, *sich Schriftstellern nun einmal nicht als ausgewachsene literarische Charaktere zur Verfügung*[394] *stellen. Alles, was wir im Laufe von 361 Seiten über Coleman Silk lernen, nimmt seinen Anfang mit seiner ungerechtfertigten Verfolgung, weil er in dem Klassenzimmer eines Colleges das Wort «dunkle Gestalten» ausgesprochen hat*[395], so Roth, der seinen Erzähler Nathan Zuckerman in Der menschliche Makel abermals mit jener *furchtbar wichtigen Angelegenheit* betraut, wie es in *Amerikanisches Idyll* heißt, *die man die anderen Leute nennt.*[396]

So wie er in *Amerikanisches Idyll* Seymour Levov und in *Mein Mann, der Kommunist* Ira Ringold entmythologisiert, Illusionen und Ideologien transzendiert, den Wall der Legenden, hinter denen sich Levov und Ringold verschanzen, die Summe aller

Missverständnisse, die sich um sie sammeln, dringt Zuckerman auch in *Der menschliche Makel* durch den Spiegel der *falschen Authentizität*[397] zu einem Menschen vor, dessen Bild nicht durch Erzählungen anderer deformiert worden ist. Er erinnert sich an die ersten Begegnungen mit Coleman Silk, der nach dem Tod seiner aus Gram über die gegenstandslose Beschuldigung gestorbenen Frau eine leidenschaftliche Affäre mit der vierunddreißigjährigen Putzfrau Faunia Farley begann, deretwegen er schließlich von einer ehemaligen Kollegin der sexuellen Ausbeutung bezichtigt wurde; an die privaten Gespräche, die er im Sommer 1998, als das Medienereignis von Bill Clintons Lewinsky-Affäre die Öffentlichkeit beherrschte und ganz Amerika *an den Penis des Präsidenten dachte*[398], mit Silk auf der Veranda geführt hatte. Er erinnert sich an die Beerdigungen von Silk und seiner Geliebten, deren Ex-Mann den Wagen des Paares von der Straße abgedrängt hatte, und schildert die Begegnung mit Silks farbiger Schwester am Grab seines Freundes, bei der Zuckerman schließlich begriff, dass Silk kein Jude und kein Weißer war. *In den zwanziger, dreißiger und vierziger Jahren war es nicht ungewöhnlich für hellhäutige Schwarze, sich als Weiße auszugeben*[399], so Roth, der das Geheimnis des als Kind einer *vorbildlichen Negerfamilie*[400] in einem Vorort von Newark zur Welt gekommenen Silk von seinem Icherzähler in einem diskursiven Gedankenlauf umkreisen lässt, in dem Erinnerung und Erfahrung, Beobachtung, Reflexion und eine alles erhellende, von Gedanken und Gefühlen erfüllte empathische Phantasie zu einer Erzählung zusammenfließen, die nach und nach Coleman Silks wahre Identität freilegt und einen aus der Erstarrung seiner Maske herausgelösten Menschen als literarische Figur zurück ins Leben versetzt. *Für jeden Gedanken ein Gegengedanke, für jedes Bedürfnis ein Gegenbedürfnis*, so Mickey Sabbath, der in *Sabbaths Theater* schließlich *das Gesetz des Lebens* benennt, das auch in den Romanen der Amerikanischen Trilogie Philip Roths Schreiben bestimmt und den von Zuckerman imaginierten Biographien ihre vitale Dynamik verleiht: *Fluktuation.*[401]

Wenn man hellhäutig war und keine spezifisch negroiden Merkmale hatte, anhand derer andere einen identifizieren konnten, war es möglich, seine Herkunft als Farbiger hinter sich zu lassen und dem herrschenden Rassismus zu entkommen, so Roth, der Silk in *Der mensch-*

liche Makel ebenso im Kontext jenes breiten kulturellen Panoramas betrachtet, das als Gesellschaft und Geschichte die Geschicke des Einzelnen determiniert, wie die Protagonisten der beiden anderen Bände der Amerikanischen Trilogie. *Es gab eine ganze Reihe von Schwarzen, die dies getan haben. Es war ihre Bürgerrechtsbewegung. Die Bürgerrechtsbewegung, die sich auf individueller Basis ereignete.* So wie Seymour Levovs amerikanisches Paradies, die Utopie des *anheimelnden Amerika*[402], implodiert, als der radikale Protest seiner Tochter den «Schweden» zurück in die vom Vietnamkrieg erschütterte Wirklichkeit stößt, verkehrt sich Coleman Silks heroisches Leben *als selbsterschaffenes Ich*, seine erfolgreiche Verwirklichung der *demokratischen Aufforderung*, wie es in *Der menschliche Makel* heißt, *sich seiner Herkunft zu entledigen, sofern es dem Streben nach Glück diente*, erst in jenem historischen Augenblick zur Tragödie, als sich im Amerika der späten Neunziger abermals jener *Geist der Brandmarkung* erhebt, der in Gestalt des McCarthyismus in *Mein Mann, der Kommunist* bereits Ira Ringold zu Fall brachte und in Form eines bigotten Reinigungsrituals vor dem nationalen Hintergrund der Hexenjagd auf Präsident Clinton nun auch den mit einer Putzfrau liierten Silk als Opfer fordert. *Was ich am Beispiel der Figur des Coleman Silk zeigen wollte, war nicht zuletzt, was es bedeutet, einen Akt von Freiheit zu begehen.* In einer Schlüsselszene des Romans imaginiert Roths Erzähler, wie der junge Silk sein schwarzes Elternhaus verleugnet und sich als Jude neu erfindet. *Was muss man dafür auf sich nehmen? Es erfordert eine gewisse Rücksichtslosigkeit, wie jeder weiß, der sein Zuhause verlassen hat. Ich wollte einen Mann zeigen, der sich all dessen, was er zurücklässt, bewusst ist*, so Roth im Januar 2002, als er bereits an *Verschwörung gegen Amerika* schrieb, der zwei Jahre später veröffentlichten autobiographischen Fiktion, in der Roth mehr als ein Jahrzehnt nach Erscheinen von *Tatsachen* und *Mein Leben als Sohn* abermals auf seine eigene Herkunft zurückblickte. *Ich wollte mir über Silks Handeln kein moralisches Urteil bilden. Ich wollte es darstellen.* Schließlich offenbart Roth in den Romanen der Amerikanischen Trilogie auch das wechselvolle *Drama hinter der amerikanischen Geschichte*, an dem er selbst teilhatte, *das große Drama, das der Aufbruch und das Fortgehen ist – und die Energie und die Grausamkeit, die dieser verzückte Drang erfordert*[403], wie es am Ende von *Der menschliche Makel* heißt. *Aus seiner eigenen Vergangenheit herauszutreten: das war immer die große amerikanische Errungenschaft*, so Roth. *Der Wunsch, ein neues Wesen zu werden, sich neu zu erfinden: das hat Amerika ausgemacht.*

Im November 1998 hatte Bill Clinton Roth im Weißen Haus die National Medal of Arts verliehen, 2000 schlug Saul Bellow ihn der Schwedischen Akademie für den Literaturnobelpreis vor. Im Mai 2001 erschien *Das sterbende Tier*, worin David Kepeshs pornographische Phantasie, Kepeshs während der sexuellen Revolution erlangte Emanzipation und Unabhängigkeit auf eine letzte Probe gestellt wird, als seine Geliebte schwer erkrankt. Am Morgen des 11. September besuchte Roth ein Schwimmbad in Midtown Manhattan, wo er von den Terroranschlägen und dem Einsturz des World Trade Center erfuhr. *Der 11. September machte einem anschaulich klar, dass man zu diesem Land gehörte*, so Roth im Januar 2002. *So wie man es in der Dekade zwischen der Ermordung John F. Kennedys 1963 und 1974, als Nixon in die Gräber von Watergate stürzte, verspürte. Der 11. September hatte den gleichen Effekt.*[404] Im Juni 2003, Wochen nach dem Sturz Saddam Husseins und dem offiziellen Ende des im März von George W. Bush befohlenen Irakkriegs, betrat Roth in Newark, im weitgehend von Schwarzen bewohnten

Mit Saul Bellow auf dem Connecticut River, Juli 2000

Weequahic, erstmals seit seiner Kindheit das Haus in der Summit Avenue, in dem er bis 1942 mit seinen Eltern und seinem Bruder gelebt hatte. *Die Geschichte erhebt Anspruch auf jeden, egal, ob man es weiß oder nicht, und egal, ob es einem gefällt oder nicht,* so Roth im September 2004 in einem der Veröffentlichung von *Verschwörung gegen Amerika* vorausgehenden Artikel in der «New York Times Book Review», in dem er sich eineinhalb Monate vor der Präsidentschaftswahl, in der der demokratische Kandidat John Kerry dem Amtsinhaber Bush knapp unterlag, gegen die vorhersehbare Fehllektüre *dieses Buches als Schlüsselroman über den gegenwärtigen Augenblick Amerikas*[405] verwahrte.

Ich wurde 1933 geboren, in dem Jahr, in dem Hitler an die Macht kam und F. D. R. zum ersten Mal in sein Amt eingeführt wurde [...]. Als ein kleines Kind hörte ich vor dem Radio, das in unserem Wohnzimmer stand, die Stimmen des nazideutschen Führers und des amerikanischen Pater Coughlin ihre antisemitischen Tiraden liefern, so Roth, der in *Verschwörung gegen Amerika* eine alternative Vergangenheit imaginiert, in der Franklin D. Roosevelt in den Präsidentschaftswahlen des Jahres 1940 gegen den antisemitischen Faschisten Charles Lindbergh verliert und sich unter den Juden in Weequahic eine tiefe Angst ausbreitet. «*Warum wurde ich geboren?*» oder «*Weshalb bin ich ich selbst?*»[406] Die Fragen, mit denen bereits der Erzähler des 1972 entstandenen Entwurfs von *Amerikanisches Idyll* seine Identität als *Anne Franks Zeitgenosse* befragt, scheinen bis weit in Roths Kindheit zurückzureichen. *Den Zweiten Weltkrieg zu kämpfen und zu gewinnen, war der große nationale Gedanke vom Dezember 1941 bis zum August 1945, dem Herzstück meiner Grundschuljahre.*[407] Roth entwickelt in *Verschwörung gegen Amerika* schließlich die historische Fiktion eines mit Hitler paktierenden Amerikas, in dem sich der isolationalistische, bereits 1938 durch Hermann Göring mit einem Deutschen Adlerorden geehrte Fliegerheld Lindbergh gegen Amerikas Kriegsbeitritt ausspricht und Roths eigene Familie sich in ihrem Heimatland plötzlich bedroht und ausgegrenzt fühlt. Roth erzählt in dem Roman, wie seine Eltern einem offenen Antisemitismus ausgesetzt sind und sich die Newarker Juden – *rund fünfzigtausend in einer Stadt mit über einer halben Million Einwohnern* – nach Ausschreitungen in Boston und Detroit *auf Ausbrüche von Gewalt auch in ihren eigenen*

Roth in seiner Wohnung an der Upper West Side
von Manhattan, 2003

Straßen gefaßt machen. Er beschreibt, wie sein zwölfjähriger Bruder Sanford von Präsident Lindberghs Propaganda infiziert wird, wie das *umfassende Gefühl persönlicher Sicherheit erschüttert wird, das Roths eigenes, zu Beginn des Romans siebenjähriges Selbst, als amerikanisches Kind amerikanischer Eltern auf einer amerikanischen Schule in einer amerikanischen Stadt in einem Amerika, das mit der Welt in Frieden lebte, immer für etwas Selbstverständliches gehalten hatte.*[408] So wie in den Romanen der Amerikanischen Trilogie erzählt Roth auch in *Verschwörung gegen Amerika*, wie der unerwartete Schwung des Rads der Geschichte das Leben des Einzelnen aus der Bahn zu werfen droht: Doch während er zuvor imaginäre Figuren in das Fluidum der realen amerikanischen Geschichte projizierte, bot ihm das durch die Lektüre der Autobiographie des Historikers Arthur M. Schlesinger inspirierte *Gedankenexperiment*[409] einer Geschichtsfiktion die Möglichkeit, *meine Eltern aus ihren Gräbern zurückzuholen und sie wieder zu dem zu machen, was sie auf dem Höhe-*

Präsident Barack Obama verleiht Philip Roth die National Humanities Medal im Weißen Haus, März 2011

punkt ihres Lebens in ihren späten Dreißigern waren. In Verschwörung gegen Amerika löst Roth auf eindrucksvolle Weise das in Mein Leben als Sohn ausgesprochene Bekenntnis ein, *nichts zu vergessen, sich genau zu erinnern, damit ich, wenn er nicht mehr ist, den Vater wiedererschaffen kann, der mich geschaffen hat*[410]*: meinen Vater,* wie es schließlich in dem der Veröffentlichung von Verschwörung gegen Amerika vorausgehenden Artikel heißt, *mit der gewaltigen Energie, die er in das investieren konnte, was ich seine «reformerischen Instinkte» nenne, und meine Mutter, die «jeden Tag in methodischer Opposition zu des Lebens unruhigem Fluss agierte».*[411] Roth lässt in einem halluzinativen, die gesamte Topographie seiner Kindheit ausleuchtenden Realismus das jüdische Weequahic der vierziger Jahre auferstehen, das nach Lindberghs überraschendem Verschwinden, nach der Niederschlagung der von Nazideutschland kontrollierten Verschwörung schließlich wieder aus dem Albtraum eines vom Antisemitismus beherrschten Amerika erwacht. Während jedoch bei den Figuren der Fiktion eine Verunsicherung zurückbleibt, die traumatische Erinnerung des Erzählers, dessen kindliches Ich das *ungetrübte Gefühl von Geborgenheit*[412] nach dem unerwarteten Einbruch der existenziellen Bedrohung verloren hat, ist *Verschwörung gegen Amerika* zugleich auch Roths patriotische Manifestation jenes *amerikanischen Triumphs*[413], der die sich im Roman anbahnende Katastrophe in den Vereinigten Staaten verhinderte und die historische Realität des Weequahic der dreißiger und vierziger Jahre, die Zuversicht und Energie, *das Brodeln vor Selbstliebe*, für Roth zu jenem *weltgeschichtlichen Ereignis*[414] werden ließ, als das es Nathan Zuckerman in *Gegenleben* beschreibt. *Unsere Straße, die Summit Avenue, lag oben auf einem Hügel*, so Roth, dessen Selbstporträt als *gutes Kind*, das um die Kraft seines Eigensinns und seiner Empörung noch nicht weiß, sich nahtlos in das zu Beginn von *Verschwörung gegen Amerika* heraufbeschworene Idyll einfügt. *Wir lebten in einer Wohnung im ersten Stock eines kleinen Zweieinhalbfamilienhauses, wie die anderen Häuser in dieser von Bäumen gesäumten Straße ein Holzbau mit einer Eingangstreppe aus rotem Backstein, darüber ein Giebeldach und davor ein winziger, mit einer niedrigen Hecke abgezäunter Vorgarten*[415], so Roth, der in seinem 2004 erschienenen Roman ähnlich wie 16 Jahre zuvor in seiner Autobiographie an die Quelle seiner Erinnerungen zurückkehrt – *nicht um Material zu sammeln*, wie es in *Tatsachen* heißt, *sondern um des Aufbruchs willen*, um *des Wiederaufbruchs willen*.[416]

Anmerkungen

Alle Zitate, von denen keine deutsche Übersetzung vorliegt, wurden vom Autor übertragen.

1 Roth (2004), in: Alvarez, S. 40.
2 Tatsachen (Reinbek 2000), S. 42
3 Mein Leben als Sohn (München 1995), S. 80
4 Roth (1966), in: Searles, S. 3
5 Tatsachen, S. 33, 40
6 Leben als Sohn, S. 31, 110
7 Tatsachen, S. 42, 29
8 Vgl. David S. Wyman, Das unerwünschte Volk, Frankfurt/M. 1989, S. 13
9 Tatsachen, S. 40
10 Wyman, a.a.O., S. 16
11 H. L. Mencken, in: Gert Raeithel, Geschichte der nordamerikanischen Kultur, Bd. 2, Frankfurt/M. 2002, S. 325
12 Leben als Sohn, S. 94
13 Tatsachen, S. 31
14 Leben als Sohn, S. 94
15 Vgl. Grover, S. 72
16 Nat Bodian, When the Nazis came to Newark. Old Newark Memories, http://www.oldnewark.com
17 Grover, S. 39 ff.
18 Leslie A. Fiedler, The Image of Newark and the Indignities of Love: Notes on Philip Roth, in: Midstream, Sommer 1959, S. 96
19 Meine Baseball-Jahre (1973), in: Eigene und fremde Bücher, wiedergelesen (im Folg. «Bücher»), S. 276
20 Roth (1991), in: Searles, S. 276
21 Leben als Sohn, S. 207
22 Tatsachen, S. 39, 42, 43
23 S. Anm. 19
24 Roth (1991), in: Searles, S. 276
25 S. Anm. 19
26 Tatsachen, S. 43, 30
27 Leben als Sohn, S. 37
28 Roth (1991), in: Searles, S. 268
29 Roth (1981), in: Bücher, S. 136
30 Roth (1991), in: Searles, S. 273
31 Leben als Sohn, S. 109
32 John T. Cunningham, Newark, Newark 2000, S. 294 ff.
33 S. Anm. 19, S. 277
34 Roth (1974), in: ebd., S. 15 ff.
35 Roth (1991), in: Searles, S. 277
36 Tatsachen, S. 47
37 Roth (1974), in: Bücher, S. 17
38 Leben als Sohn, S. 140
39 Anderer Leute Sorgen, S. 6
40 Makel, S. 128, 124, 127 f.
41 Portnoys Beschwerden, S. 52
42 Mein Mann, der Kommunist (Reinbek 2001), S. 268, 136
43 Anderer Leute Sorgen, S. 510
44 S. Anm. 42, S. 137
45 Amerikanisches Idyll (Reinbek 2000), S. 118
46 Leben als Sohn, S. 140
47 Harold Rosenberg, Discovering the Present, Chicago 1973, S. 280
48 Howe 2000, S. 599
49 Roth (1991), in: Searles, S. 276 f.
50 Roth (1974), in: Bücher, S. 15 f.
51 Arnold H. Lubasch, Philip Roth Shakes Weequahic High, New York Times, 28. Februar 1969
52 In: Bücher, S. 273
53 Roth (1974), in: ebd., S. 16 f.
54 Tatsachen, S. 42 f.
55 Roth (1974), in: Bücher, S. 17
56 Roth (1981), in: Searles, S. 114
57 In: Gerd Haffmans (Hg.), Über William Faulkner, Zürich 1973, S. 103
58 S. Anm. 42, S. 233, 265
59 Roth (1974), in: Bücher, S. 23
60 S. Anm. 42, S. 270
61 Tatsachen, S. 56
62 Roth (1981), in: Bücher, S. 138 f.
63 Leben als Sohn, S. 140
64 Roth (1981), in: Bücher, S. 138 f.
65 Amerikanische Romane schreiben (1961), in: ebd., S. 220 f.
66 S. Anm. 42, S. 350
67 Tatsachen, S. 78
68 Roth (1984), in: Bücher, S. 177
69 S. Anm. 42, S. 352
70 Makel, S. 10

71 Das sterbende Tier, Reinbek 2004, S. 154
72 Roth (1984), in: Bücher, S. 177
73 Was es heißt, sich jüdische Figuren auszudenken (1974), in: ebd., S. 313 f.
74 Tatsachen, S. 83
75 In: Molly McQuade (Hg.), Writers and Chicago, Chicago 1995, S. 124, 128
76 Tatsachen, S. 75
77 Vgl. Stephen Wade, Jewish American Literature since 1945, Edinburgh 1999, S. 19 ff.
78 Roth (1981), in: Bücher, S. 141
79 Roth (1981), in: Searles, S. 128
80 In: Gloria L. Cronin und Ben Siegel (Hg.), Conversations With Saul Bellow, Jackson 1994, S. 90
81 Roth, in: Congress Bi-Weekly 30, Nr. 12, New York, 16. September 1963, S. 21
82 Vgl. Ross Miller, in: Philip Roth, The American Trilogy 1997–2000, New York 2011, S. 1043
83 Congress Bi-Weekly, a. a. O., S. 75
84 Saul Bellow – wieder gelesen (2000), in: Shop Talk (Reinbek 2005), S. 177
85 Saul Bellow, Die Abenteuer des Augie March, Köln 1976, S. 720
86 Roth (1987), in: Searles, S. 213
87 S. Anm. 73, S. 329
88 S. Anm. 75, S. 125 f.
89 Starbuck, in: McQuade, a. a. O., S. 179
90 Roth (1983), in: Searles, S. 143
91 Vgl. Lee, S. 28
92 Bellow, in: Du, S. 70
93 Goodbye, Columbus, S. 16, 104
94 Solotaroff, in: Bloom 2003, S. 25
95 Anon., Times Literary Supplement, 13. November 1959, S. 664
96 Roth (1969), in: Bücher, S. 26
97 Martin Amis, The War Against Cliché, London 2001, S. 469, 467
98 Solotaroff, in: Bloom 2003, S. 27, 26
99 Goodbye, Columbus, S. 31
100 Fiedler, a. a. O., S. 97
101 Preface to the Thirtieth Anniversay Edition, Goodbye, Columbus, Boston 1989, S. XIV
102 Fiedler, a. a. O., S. 97 f.
103 S. Anm. 101
104 Die Geschichte dreier Geschichten (1971), in: Bücher, S. 270
105 S. Anm. 89
106 Vorwort dt. Ausgabe Goodbye, Columbus (1962), S. 8
107 S. Anm. 104, S. 268 f.
108 Commentary, 24, November 1957, in: Goodbye, Columbus, S. 172
109 Saul Bellow – wieder gelesen (2000), in: Shop Talk, S. 180
110 Preface (1989), Goodbye, Columbus, a. a. O., S. XIV
111 S. Anm. 104, S. 269 f.
112 S. Anm. 106, S. 9
113 Roth (1984), in: Bücher, S. 166
114 Roth (1985), in: ebd., S. 152
115 Roth (1984), in: Searles, S. 176
116 Roth (1984), in: Bücher, S. 152
117 Tatsachen, S. 97, 225, 214, 99
118 Roth (1984), in: Bücher, S. 168
119 Tatsachen, S. 99 ff.
120 Solotaroff, S. 199
121 Solotaroff, in: Bloom 1986, S. 31
122 Juice or Gravy? How I Met My Fate in a Cafeteria (1994), in: Portnoy's Complaint, New York 1994, S. 280
123 Tatsachen, S. 109
124 Solotaroff, S. 200
125 Roth (1984), in: Bücher, S. 168
126 Juice or Gravy?, s. Anm. 122
127 Tatsachen, S. 116
128 Shechner, S. 25
129 Vorbemerkung (2001), in: Bücher, S. 9
130 Shechner, S. 25
131 Roth (1984), in: Bücher, S. 167
132 Tatsachen, S. 129
133 Roth (1984), in: Bücher, S. 167
134 Mein Leben als Mann (Reinbek 1993), S. 201, 192, 107, 184
135 Tatsachen, S. 130, 134, 129
136 Leben als Mann, S. 209, 210, 205
137 Tatsachen, S. 211
138 Vgl. Lionel Trilling, Kunst, Wille

und Notwendigkeit, München 1990, S. 309
139 Congress Bi-Weekly, a. a. O., S. 72
140 Amerikanische Romane schreiben, a. a. O., S. 222
141 Trilling, a. a. O., S. 356
142 Leben als Mann, S. 206, 9
143 Amerikanische Romane schreiben, a. a. O., S. 214
144 Henry James, Bildnis einer Dame, Frankfurt / M. 2003, S. 784
145 Henry James, Die Kunst des Romans, Hanau 1984, S. 32
146 Tatsachen, S. 137
147 Congress Bi-Weekly, a. a. O., S. 72
148 Mizener, S. 1
149 Vgl. Über Juden schreiben (1963), in: Bücher, S. 256
150 Über The Great American Novel (1973), in: ebd., S. 92
151 Bellow, in: Du, S. 73
152 David J. Seligson, in: Anon., Rabbi criticizes Jewish writers, New York Times, 30. Juni 1963, S. 58
153 Ghost Writer, S. 168
154 Cynthia Ozick, Quarrel & Quandary, New York 2000, S. 95 f.
155 Wyman, a. a. O., S. 363
156 Saul Bellow, Wie es war, wie es ist, Köln 1995, S. 306
157 Alfred Kazin, New York Jew, Syracuse 1996, S. 195
158 Norman Podhoretz, in: Jewishness & the younger intellectuals. A Commentary Report, o. J. (1961), S. 4
159 Howe 2000, S. 627
160 Hugh Nissenson, in: Jewishness & the younger intellectuals, a. a. O., S. 39
161 Roth, in: Jewishness & the younger intellectuals, a. a. O., S. 45 f.
162 Vgl. Milowitz, S. 14 ff.
163 The Day It Snowed, Chicago Review 8, 1954, S. 34
164 In: Goodbye, Columbus, S. 131
165 In: ebd., S. 204, 192
166 In: ebd., S. 137
167 Alfred Kazin, Bright Book of Life, Boston 1973, S. 145
168 Ghost Writer, S. 143 f.
169 In: Goodbye, Columbus, S. 149
170 Rede am 23. März 1960, in: Goodbye, Columbus, S. 222
171 Ghost Writer, S. 140, 206, 227
172 Roth (1984), in: Bücher, S. 185
173 Aimee Pozorski, in: Derek Parker Royal (Hg.), New Perspectives on an American Author, Westport 2005, S. 96
174 Über einige neue jüdische Stereotype (1961), in: Bücher, S. 232, 234 ff.
175 Iowa, in: Esquire (1962), S. 132, 249
176 Paul Engle: Is Life A Spectator Sport?, in: Cosmopolitan, 150, Juli 1962, S. 18
177 Anderer Leute Sorgen, S. 10, 93, 92, 244, 97, 8, 78 f., 9, 553
178 Roth (1966), in: Searles, S. 6
179 Solotaroff, in: Bloom 2003, S. 29
180 Anderer Leute Sorgen, S. 293
181 Tatsachen, S. 130
182 Kleinschmidt, S. 123
183 Tatsachen, S. 183
184 Iowa, a. a. O., S. 248
185 Tatsachen, S. 155
186 Anon., in: New York Times, 22. Februar 1997
187 Kleinschmidt, S. 123
188 Tatsachen, S. 205, 204
189 Kleinschmidt, S. 123 ff.
190 Tatsachen, S. 202
191 Roth (1984), in: Bücher, S. 168
192 Leben als Mann, S. 226, 225, 267, 342
193 Kleinschmidt, S. 125
194 Leben als Mann, S. 256
195 Berman, in: Parrish, S. 107, 106
196 Roth (1988), in: Bücher, S. 194
197 Die Anatomiestunde (Reinbek 2004), S. 36
198 Rudnytsky, S. 7
199 C. Bloom, S. 158, 185
200 Makel, S. 183
201 Tatsachen, S. 171

202 Roth (1984), in: Bücher, S. 170
203 Dokument mit dem Datum: 27. Juli 1969, in: Bücher, S. 41
204 Robert Alter, in: Pinsker, S. 43
205 Tatsachen, S. 173
206 Juice or Gravy?, s. Anm. 122, S. 281
207 Tatsachen, S. 172
208 Gegenleben (Reinbek 2004), S. 193
209 S. Anm. 150, S. 103
210 Norman Mailer, Reklame für mich selber, Berlin 1963
211 S. Anm. 209
212 Roth (1984), in: Bücher, S. 176
213 Portnoys Beschwerden, S. 18
214 Tatsachen, S. 163
215 Gespräch mit Th. David, 14. Juli 2009
216 Portnoys Beschwerden, S. 29
217 Albert Goldman, in: Searles, S. 31, 29, 25
218 Anon., Nightclubs, The Sickniks, in: Time Magazine, 13. Juli 1959
219 Goldman, in: Searles, S. 25
220 Roth (1969), in: Bücher, S. 32
221 Das sterbende Tier, S. 57, 70, 71
222 S. Anm. 150, S. 96
223 Goldman (1974), S. 135
224 Ebd., S. 545, 135
225 Solotaroff, S. 209
226 Philip Rahv, Literature and the Sixth Sense, Boston 1970, S. 5
227 Portnoys Beschwerden, S. 5
228 Norman Mailer, Heere aus der Nacht, München 1968, S. 296
229 Portnoys Beschwerden, S. 159
230 Goldman, in: Searles, S. 23
231 Amerikanische Romane schreiben, a. a. O., S. 215
232 Roth (1984), in: Bücher, S. 177
233 Godrey Hodgson: America in Our Time, Princeton 2005, S. 352
234 Roth (1981), in: Bücher, S. 130
235 Goldman, in: Searles, S. 24
236 S. Anm. 73, S. 319, 315
237 Roth (1974), in: Bücher, S. 116
238 Zuckermans Befreiung (Reinbek 2005), S. 160
239 Roth (1988), in: Bücher, S. 202
240 Zuckermans Befreiung, S. 74, 24, 178, 44, 201
241 S. Anm. 203, S. 36
242 Brendan Gill, The Unfinished Man, in: New Yorker, 45, 8. März 1969, S. 118
243 Anatole Broyard, in: New Republic, 160, 1. März 1969, S. 21
244 Lehmann-Haupt, S. 43
245 Vgl. Anm. 203, S. 42
246 Kazin, S. 3
247 In: Cook, S. 384
248 Kazin, S. 3
249 Cook, S. 384, 390, 390 f.
250 S. Anm. 73, S. 317
251 Bess Roth, in: Klemesrud (NYT 31. März 1969)
252 Syrkin, S. 64
253 Cooper, S. 108
254 Scholem, in: ebd., S. 110
255 Portnoys Beschwerden, S. 173
256 Roth (1969), in: Bücher, S. 31
257 Roth (1984), in: ebd., S. 152
258 Makel, S. 10
259 Roth (1984), in: Bücher, S. 152
260 Cooper, S. 108
261 Zuckermans Befreiung, S. 244
262 Asher, in: Alvarez, S. 36
263 Bilder von Philip Guston (1989), in: Shop Talk, S. 167
264 Roth, in: Mayer, S. 174
265 S. Anm. 263, S. 170 f.
266 S. Anm. 150, S. 102
267 S. Anm. 263, S. 166
268 Roth (1984), in: Bücher, S. 174
269 S. Anm. 263, S. 166
270 S. Anm. 150, S. 102
271 Roth (1977), in: Searles, S. 105
272 Remnick, S. 79
273 Makel, S. 57
274 Alvarez, S. 37
275 NYT Book Review, 15. Februar 1976, S. 6
276 Harold Bloom, Einflussangst, Frankfurt/M. 1995, S. 14, 21
277 Roth (1969), in: Bücher, S. 33
278 Vgl. Gooblar, S. 65
279 S. Anm. 275
280 Bloom, Einflussangst, a. a. O., S. 64

281 Vgl. Gooblar, S. 65
282 Portnoys Beschwerden, S. 27
283 Franz Kafka, Brief an den Vater, Stuttgart 1995, S. 31
284 Gespräch mit Ivan Klima in Prag (1990), in: Shop Talk, S. 83
285 Operation Shylock (München 2000), S. 86
286 Cynthia Ozick, Metaphor & Memory, New York 1989, S. 111
287 Einführung zu Immerfort wollte ich, dass ihr meinen Hunger bewundert oder: Ein Blick auf Kafka, in: Hills 1974
288 Professor der Begierde (Reinbek 2004), S. 212, 236
289 S. Anm. 275
290 S. Anm. 287
291 Gespräch mit Th. David, 14. Juli 2009
292 S. Anm. 275, S. 7
293 Antonín Liehm zu Th. David, 16. April 2010
294 S. Anm. 284, S. 59 f., 122
295 Kundera, in: Milbauer / Watson, S. 160
296 Green, in: A Philip Roth Reader, London 1993, S. XII
297 Vgl. Ian McEwan, in: 21, London 1993, S. 43
298 Vgl. Shostak 2004, S. 125
299 Demetz, S. 49
300 Die Prager Orgie (Reinbek 2004), S. 76, 46
301 Demetz, S. 49
302 Writers from the Other Europe (1981), in: Milan Kundera, The Book of Laughter and Forgetting, Harmondsworth 1981, S. VI
303 S. Anm. 294, S. 60
304 Roth (1987), in: Searles, S. 207
305 Preface to the Watergate Edition (1973), in: Philip Roth Novels 1967–1972, New York 2005, S. 664
306 Anon., American Notes: The Nixon Genre, in: Time, 25. Oktober 1971
307 Leben als Mann, S. 105
308 Unser Schloss (1974), in: Bücher, S. 287
309 Ebd.
310 Roth (1977), in: Searles, S. 100
311 Roth (1984), in: Bücher, S. 181
312 S. Anm. 308, S. 290
313 Leben als Mann, S. 7
314 Roth (1988), in: Bücher, S. 204
315 Ghost Writer, S. 15
316 Anatomiestunde, S. 103, 134 f.
317 Roth (1988), in: Bücher, S. 204
318 Ghost Writer, S. 15 f.
319 C. Bloom, S. 183
320 Professor der Begierde, S. 218
321 Steven G. Kellman, Philip Roth's Ghost Writer, in: Comparative Literature Studys 21, 1984, S. 175
322 Kundera, S. 39
323 Ghost Writer, S. 23
324 Bloom: Einflussangst, a. a. O., S. 123
325 Roth (1979), in: Searles, S. 111
326 C. Bloom, S. 184
327 Ghost Writer, S. 165
328 Howe 1972, S. 73
329 Roth (1984), in: Bücher, S. 181 ff.
330 Operation Shylock, S. 129
331 Roth (1984), in: Bücher, S. 161
332 Roth (1983), in: ebd., S. 157
333 Portnoys Beschwerden, S. 55
334 Anatomiestunde, S. 9, 55 ff.
335 Roth (1984), in: Bücher, S. 154
336 Anatomiestunde, S. 104
337 Danilo Kis, Anatomiestunde, München 1998, S. 5
338 Anatomiestunde, S. 54, 106, 129
339 Gegenleben, S. 145, 180
340 Richard Stern, One Person and Another, Dallas 1993, S. 24
341 Tatsachen, S. 11
342 C. Bloom, S. 194
343 Operation Shylock, S. 17 f.
344 C. Bloom, S. 195
345 Sabbaths Theater (Reinbek 1998), S. 24
346 Portnoys Beschwerden, S. 7
347 Sabbaths Theater, S. 29
348 Tatsachen, S. 15 f.
349 C. Bloom, S. 197
350 Tatsachen, S. 11, 10, 16, 14, 13
351 Nadel, S. 17
352 Täuschung (Reinbek 2000), S. 77
353 Zuckermans Befreiung, S. 283 ff.
354 Roth (1991), in: Searles, S. 267 f.

355 Gespräch mit Th. David, 14. Juli 2009
356 Tatsachen, S. 42
357 Roth (1990), in: Searles, S. 263 f.
358 Roth (2004), in: Alvarez, S. 38
359 Operation Shylock, S. 45
360 Roth (1990), in: Searles, S. 264
361 Gespräch mit Benjamin Taylor, PEN Awards 2006
362 C. Bloom, S. 208
363 John Updike: Updike und ich, Reinbek 2002, S. 187, 197
364 C. Bloom, S. 212
365 Patricia Bosworth, Goodbye, Connecticut, in: New York Times, 13. Oktober 1996
366 Demütigung, S. 16
367 Sabbaths Theater, S. 113
368 Shechner, S. 146
369 Sabbaths Theater, S. 87, 115, 49
370 Gespräch mit Th. David, 18. Dezember 2007
371 Das sterbende Tier, S. 7
372 Sabbaths Theater, S. 177, 567
373 Shostak 2004, S. 236
374 Sabbaths Theater, S. 317, 222
375 Shostak 2004, S. 236
376 Ebd., S. 235 f.
377 Sabbaths Theater, S. 262, 135
378 Roth (1990), in: Searles, S. 262
379 Sabbaths Theater, S. 380
380 Roth (1984), in: Bücher, S. 182
381 Sabbaths Theater, S. 277
382 Roth (1991), in: Searles, S. 272 f.
383 S. Anm. 361
384 Leben als Sohn, S. 109
385 Amerik. Idyll, S. 124
386 Gespräch mit Th. David, 17. Februar 2010
387 Gespräch mit Th. David, 16. Januar 2002
388 Amerik. Idyll, S. 12, 26
389 Sabbaths Theater, S. 558, 200
390 Amerik. Idyll, S. 32, 56, 59, 54, 107
391 Makel, S. 58
392 S. Anm. 42, S. 398, 394
393 Makel, S. 13, 15
394 Gegenleben, S. 204
395 Open Letter to Wikipedia, in: New Yorker Online, 7. September 2012
396 Amerik. Idyll, S. 54
397 S. Anm. 42, S. 351
398 Makel, S. 12
399 Gespräch mit Th. David, 16. Januar 2002
400 Makel, S. 103
401 Sabbaths Theater, S. 221
402 Amerik. Idyll, S. 99
403 Makel, S. 372, 371, 380
404 Gespräch mit Th. David, 16. Januar 2002
405 NYT Book Review, 19. September 2004
406 Vgl. Shostak 2004, 2011, S. 124
407 S. Anm. 405
408 Verschwörung gegen Amerika (Reinbek 2007), S. 366 f., 15
409 S. Anm. 405
410 Leben als Sohn, S. 156
411 S. Anm. 405
412 S. Anm. 408, S. 411
413 S. Anm. 405
414 Gegenleben, S. 191 f.
415 S. Anm. 408, S. 38, 8
416 Tatsachen, S. 12

ZEITTAFEL

1933 Philip Roth wird am 19. März als zweiter Sohn von Herman Roth, Angestellter der Versicherungsgesellschaft Metropolitan Life, und Bess Finkel in Newark, New Jersey, geboren. Beide Elternteile, Kinder jüdischer Einwanderer aus Osteuropa, sind gebürtige Amerikaner.

1938 Eintritt in den Kindergarten der Chancellor Avenue School (Grundschule).

1946 Eintritt in die Weequahic High School, Abschluss 1950.

1951 Nach einem juristischen Vorkurs am Newark College der Rutgers University Wechsel als Student der Rechtswissenschaft an die Bucknell University in Lewisburg, Pennsylvania.

1952 Wechsel zum Studium der Englischen Literatur. Mitbegründer und Herausgeber der Literaturzeitschrift «Et Cetera»: Veröffentlichung erster Kurzgeschichten.

1954 Abschluss B. A. «magna cum laude» und Beginn des Hauptstudiums der Englischen Literatur an der University of Chicago.

1955 Die Story *The Contest for Aaron Gold* erscheint in Martha Foleys «Best American Short Stories 1956». Abschluss M. A. mit Auszeichnung. Freiwillige Verpflichtung in der Armee, Entlassung 1956 wegen einer Wirbelsäulenverletzung.

1956 Dozent an der University of Chicago. Beginn einer Dissertation, die Roth nach einem Semester aufgibt.

1957 Film- und Fernsehkritiker für «The New Republic».

1958 Die Kurzgeschichten *Die Bekehrung der Juden* und *Epstein* in «The Paris Review». Umzug nach New York, in ein Apartment an der Lower East Side von Manhattan.

1959 Die Kurzgeschichte *Verteidiger des Glaubens* in «The New Yorker». Der Erzählungsband *Goodbye, Columbus* erscheint. Heirat mit Margaret Martinson Williams. Siebenmonatiger Italien-Aufenthalt (Guggenheim-Stipendium).

1960 *Goodbye, Columbus* wird mit dem National Book Award ausgezeichnet. Lehrauftrag am Writers' Workshop der University of Iowa.

1961 Der Essay *Amerikanische Romane schreiben* in «Commentary».

1962 *Anderer Leute Sorgen*, Writer-in-Residence an der Princeton University.

1963 Trennung von Margaret Roth. Stipendium der Ford Foundation. Beginn einer fünfjährigen Psychoanalyse. Einmonatiger Aufenthalt in Israel, Teilnahme am American Jewish Congress.

1964 Lehrauftrag der State University of New York in Stony Brook, Long Island. Erster Aufenthalt in Yaddo. Rezensiert Theaterstücke für «The New York Review of Books».

1965 Lehrauftrag für Komparatistik (halbjährlich bis 1977), University of Pennsylvania, Philadelphia.

1967 *Lucy Nelson oder Die Moral*

1968 Margaret Roth stirbt bei einem Autounfall.

1969 *Portnoys Beschwerden*, Umzug nach Woodstock, New York.

1970 Reise nach Thailand, Burma, Kambodscha und Hongkong.

1971 *Unsere Gang*. Lehrt Kafka an der University of Pennsylvania.

1972 *Die Brust*. Erwerb eines Farmhauses im Nordwesten Connecticuts. Erster Aufenthalt in Prag. In den USA Bekannt-

schaft mit dem tschechischen Publizisten Antonín Liehm.
1973 *The Great American Novel.* Der Essay «*Immerfort wollte ich, daß ihr mein Hungern betrachtet*» *oder: Ein Blick auf Kafka* in «The American Review». Länderreport über die ČSSR für PEN America.
1974 *Mein Leben als Mann.* Herausgeber der Taschenbuchreihe «Writers from the Other Europe» (Penguin Books).
1975 *Eigene und fremde Bücher, wiedergelesen.* Lernt die britische Schauspielerin Claire Bloom kennen.
1976 Umzug mit Claire Bloom nach London, halbjährlicher Wohnsitz für die nächsten zwölf Jahre. Zweite Reise nach Israel (nach 1963).
1977 *Professor der Begierde.* In den nächsten Jahren eine Reihe von Fernsehspielen für Claire Bloom.
1979 *Der Ghost Writer.*
1981 *Zuckermans Befreiung.* Tod der Mutter.
1984 *Die Anatomiestunde.* Roth adaptiert mit dem Regisseur Tristram Powell *Der Ghost Writer* für die Fernsehserie «American Playhouse».
1985 *Zuckerman Bound*, eine um die Erzählung *Die Prager Orgie* ergänzte Sammlung der Zuckerman-Trilogie.
1986 *Gegenleben.* Für den Roman erhält Roth den National Book Critics Circle Award.
1988 *Tatsachen.* Professur für Literatur am Hunter College der City University of New York (halbjährlich bis 1991). Aufenthalt in Jerusalem, Beobachter im Prozess gegen John Demjanjuk.
1989 Tod des Vaters.
1990 *Täuschung.* Heirat mit Claire Bloom. Aufenthalt in Prag.
1991 *Mein Leben als Sohn* – erneuter National Book Critics Circle Award.
1993 *Operation Shylock*, Roman, für den Roth mit dem PEN / Faulkner Award ausgezeichnet wird.
1994 Scheidung von Claire Bloom.
1995 *Sabbaths Theater*; Auszeichnung mit dem National Book Award.
1997 *Amerikanisches Idyll*, der mit dem Pulitzer Prize ausgezeichnete erste Roman der Amerikanischen Trilogie.
1998 *Mein Mann, der Kommunist.* Verleihung der National Medal of Arts durch Bill Clinton.
2000 *Der menschliche Makel.* PEN / Faulkner Award.
2001 *Das sterbende Tier* und *Shop Talk*, eine Sammlung von Essays und Gesprächen. Verleihung der Gold Medal der American Academy of Arts and Letters und des Franz-Kafka-Literaturpreises.
2004 *Verschwörung gegen Amerika.*
2006 *Jedermann*; PEN / Faulkner und PEN / Nabokov Award.
2007 *Exit Ghost.* Verleihung des PEN / Saul Bellow Award.
2008 *Empörung.*
2009 *Die Demütigung.* Tod des Bruders Sanford Roth.
2010 *Nemesis.*
2011 Verleihung der National Humanities Medal im Weißen Haus. Man Booker International Prize.
2012 Prinz-von-Asturien-Preis.

ZEUGNISSE

Saul Bellow
Nicht alle jüdischen Leser haben sich über die Erzählungen von Mr. Roth erfreut gezeigt. Hier und dort begegnet man Leuten, die meinen, die Aufgabe eines jüdischen Schriftstellers in Amerika bestehe darin, Öffentlichkeitsarbeit zu leisten – alles, was an der jüdischen Gemeinde nett ist, breitzutreten und alles andere wegzulassen, aus Loyalität. Darin besteht die Aufgabe jüdischer und anderer Schriftsteller nun aber ganz und gar nicht. […] Mein Rat an Mr. Roth lautet: Ignorieren Sie alle Einwände und gehen Sie in der eingeschlagenen Richtung weiter.
Commentary,
Juli 1959

John Updike
Erbarmungslos ehrlich rekrutiert Roth rohe Nerven, vielleicht, weil sie im Kampf um die Wahrheit die engagiertesten Streiter sind. Moralische Zweideutigkeit in der Unterabteilung Semitismus war immer sein bevorzugtes Dornengestrüpp. Seine Erforschung des Jüdischseins gehört untrennbar zusammen mit der Selbsterforschung, für die so viele Seiten beschrieben und so viele plädierende, spottende und verspottete Alter Egos geschaffen wurden.
The New Yorker,
15. März 1993

Peter Demetz
Roth spielt zwar gelegentlich mit wiederkehrenden Figuren (insbesondere tauchen immer wieder dieselben jungen Studentinnen und dieselben Psychoanalytiker in verschiedener Gestalt und mit wechselnden Namen auf), doch die eigentliche Strategie, mit der er seinen Fiktionen unendliche Variabilität und doch eine ganz eigene kohärente Form verleiht, hängt ab von einem wiederkehrenden Erzähler. Dieser mag an Roth erinnern (bis hin zu seiner jüdischen Kindheit) und ist doch jemand, dessen Äußerungen nicht als eine Autobiographie Roths genommen werden dürfen – dies zu tun hieße, bemerkt Roth unnachsichtig, seine Bücher auf dem Niveau der Abendzeitung lesen.
Frankfurter Allgemeine Zeitung,
23. März 2002

Charles Simic
Roth schreibt über die Erfahrungen und die damit einhergehenden moralischen Konflikte derer, die auf Gedeih und Verderb Ereignissen und Ideen ausgeliefert sind, über die sie keine Macht haben – die Art von Leuten, für die in der offiziellen Geschichtsschreibung kein Platz ist und über die auch die Ideologie stillschweigend hinweggeht.
The New York Review of Books,
9. Oktober 2008

Milan Kundera
Die sexuelle Freiheit eines D. H. Lawrence wirkt wie eine dramatische oder tragische Revolte. Etwas später, bei Henry Miller, wird sie von lyrischer Euphorie umgeben. Dreißig Jahre später, bei Philip Roth, ist sie nur eine gesicherte, kollektive, banale, unvermeidliche, kodifizierte gegebene Situation; weder dramatisch noch tragisch, noch lyrisch.
Eine Begegnung,
2009

Junot Díaz
Ich denke, je vielfältiger und facettenreicher eine nationale Identität ausfällt, desto stärker ist das Verlangen nach Zusammenhalt und Einheit. Aber obwohl schon das Streben nach nationaler Literatur, nach dem «großen amerikanischen Roman» die Lächerlichkeit dieses Strebens

beweist, sollten wir dennoch denen dankbar sein, die diesen Versuch unternehmen. Es gibt nichts, was uns Philip Roth über Amerika erzählen könnte. Gar nichts, nicht er allein. Und das ist großartig: Denn sobald jemand den Versuch unternimmt, Amerika in seiner Gesamtheit zu erfassen, stellt sich automatisch die Frage nach allem, was in seiner Darstellung unerwähnt bleibt. Das Streben nach einem Roman, der das Wesen Amerikas erfasst, ist der Beweis für die Unmöglichkeit dieses Strebens.

*Im Gespräch mit Th. David,
12. März 2009*

Jonathan Franzen

Wenn man Roths Romane liest, hat man das ziemlich genaue Bild eines Mannes, der sich nach und nach aller konventioneller Einschränkungen entledigt, so daß er heute ein lebendes Exempel für jemanden ist, der tun und lassen kann, was er will. Er hat keine Kinder, keine feste Beziehung und geht auf Faustische Art und Weise von einem Ereignis zum nächsten. Das kann nicht jeder so machen, und natürlich bezahlt man für einen derartigen Heroismus einen enormen Preis, weil man große Schuldgefühle und zahlreiche kulturelle Tabus überwinden muss, um sich diesen vollendeten Egoismus zu bewahren. Aber Roth rechtfertigt diesen Egoismus durch die Bücher, die er schreibt. Kein Schriftsteller, der wie ich in den ersten Jahren des 21. Jahrhunderts seinen Durchbruch erlebte, kann Roths Beispiel ignorieren und kommt um die Frage herum, ob er einen ähnlichen Weg einschlagen will.

*Im Gespräch mit Th. David,
5. Mai 2009*

Bibliographie

I. Bücher
(amerikanische Erstausgaben und deutsche Übersetzungen)

Goodbye, Columbus and Five Short Stories, 1959: Goodbye, Columbus. Ein Kurzroman und fünf Stories. Übers. v. Herta Haas, Reinbek 1962

Letting Go, 1962: Anderer Leute Sorgen. Übers. v. Paul Baudisch, Reinbek 1965

When She Was Good, 1967: Lucy Nelson oder Die Moral. Übers. v. Gisela Günther, Reinbek 1973

Portnoy's Complaint, 1969: Portnoys Beschwerden. Übers. v. Kai Molvig, Reinbek 1970. Neuübers. v. Werner Schmitz, München 2009

Our Gang (Starring Tricky and His Friends), 1971: Unsere Gang. Die Story von Trick E. Dixon und den Seinen. Übers. v. Irene Ohlendorf, Reinbek 1972

The Breast, 1972, überarb. Fassung in: A Philip Roth Reader, 1980: Die Brust. Übers. v. Kai Molvig, München 1979

The Great American Novel, 1973: The Great American Novel. Übers. v. Werner Schmitz, München 2000

My Life as a Man, 1974: Mein Leben als Mann. Übers. v. Günter Panske e. a., Hamburg 1990. Überarb. Übers., München 2007*

Reading Myself and Others, 1975, erw. Fassung 2001: Eigene und fremde Bücher, wiedergelesen. Übers. v. Bernhard Robben, München 2007 [zitiert als «Bücher»]

The Professor of Desire, 1977: Professor der Begierde. Übers. v. Werner Peterich, München 1978*

The Ghost Writer, 1979: Der Ghost Writer. Übers. v. Werner Peterich, München 1980

A Philip Roth Reader, 1980

Zuckerman Unbound, 1981: Zuckermans Befreiung. Übers. v. Gertrud Baruch, München 1982*

The Anatomy Lesson, 1983: Die Anatomiestunde. Übers. v. Gertrud Baruch, München 1986*

Zuckerman Bound: A Trilogy and Epilogue, 1985, mit Epilog The Prague Orgy: Die Prager Orgie. Ein Epilog. Übers. v. Jörg Trobitius, München 1986*

The Counterlife, 1986: Gegenleben. Übers. v. Jörg Trobitius, München 1988*

The Facts: A Novelist's Autobiography, 1988: Tatsachen. Autobiographie eines Schriftstellers. Übers. v. Jörg Trobitius, München 1991*

Deception: A Novel, 1990: Täuschung. Übers. v. Jörg Trobitius, München 1993*

Patrimony: A True Story, 1991: Mein Leben als Sohn. Eine wahre Geschichte. Übers. v. Jörg Trobitius, München 1992*

Operation Shylock: A Confession, 1993: Operation Shylock. Ein Bekenntnis. Übers. v. Jörg Trobitius, München 1994*

Sabbath's Theater, 1995: Sabbaths Theater. Übers. v. Werner Schmitz, München 1996*

American Pastoral, 1997: Amerikanisches Idyll. Übers. v. Werner Schmitz, München 1998*

I Married a Communist, 1998: Mein Mann, der Kommunist. Übers. v. Werner Schmitz, München 1999*

The Human Stain, 2000: Der menschliche Makel. Übers. v. Dirk van Gunsteren, München 2002 [Makel]

The Dying Animal, 2001: Das sterbende Tier. Übers. v. Dirk van Gunsteren, München 2003*

Shop Talk: A Writer and His Colleagues and Their Work, 2001: Shop Talk. Ein Schriftsteller, seine Kollegen und ihr Werk. Übers. v. Bernhard Robben, München 2004*

The Plot Against America, 2004: Verschwörung gegen Ame-

rika. Übers. v. Werner Schmitz, München 2005*
Everyman, 2006: Jedermann. Übers. v. Werner Schmitz, München 2006
Exit Ghost, 2007: Exit Ghost. Übers. v. Dirk van Gunsteren, München 2008
Indignation, 2008: Empörung. Übers. v. Werner Schmitz, München 2009
The Humbling, 2009: Die Demütigung. Übers. v. Dirk van Gunsteren, München 2010
Nemesis, 2010: Nemesis. Übers. v. Dirk van Gunsteren, München 2011
*: *Zitiert wird aus der Taschenbuchausgabe*

I b. Gesamtausgaben

The Library of America Edition. 9 Bde., hg. v. Ross Miller, New York 2005–13

II. Kurzgeschichten

Philosophy, Or Something Like That. In: Et Cetera (The Undergraduate Literary Magazine of Bucknell University), Mai 1952
The Box of Truths. In: Et Cetera, Oktober 1952
The Fence. In: Et Cetera, Mai 1953
Armando and the Fraud. In: Et Cetera, Oktober 1953
The Final Delivery of Mr. Thorn. In: Et Cetera, Mai 1954
The Day It Snowed. In: Chicago Review 8, 1954
The Contest for Aaron Gold. In: Epoch 5–6, 1955
Heard Melodies Are Sweeter. In: Esquire, August 1958
Expect the Vandals. In: Esquire, Dezember 1958
The Love Vessel. In: The Dial 1, 1959
The Good Girl. In: Cosmopolitan, Mai 1960
The Mistaken. In: American Judaism 10, 1960
Psychoanalytic Special. In: Esquire, November 1963
An Actor's Life for Me. In: Playboy, Januar 1964
On the Air. In: New American Review 10, 1970
His Mistress's Voice. In: Partisan Review 53, 1986

III. Essays

Positive Thinking on Pennsylvania Avenue. In: Chicago Review 11, 1957
Mrs. Lindbergh, Mr. Ciardi, and the Teeth and Claws of the Civilized World. In: Chicago Review 11, 1957
The Kind of Person I Am. In: New Yorker, 29. November 1958
Recollections from Beyond the Last Rope. In: Harper's, Juli 1959
American Fiction. In: Commentary, September 1961
Iowa: A Very Far Country Indeed. In: Esquire, Dezember 1962
Philip Roth Talks to Teens. In: Seventeen, April 1963
Second Dialogue in Israel. In: Congress Bi-Weekly 30, 1963
Philip Roth Tells about When She Was Good. In: Literary Guild Magazine, Juli 1967
From the First 18 Years of My Life. In: New York Times, 7. November 1971
Which Writer Under Thirty-Five Has Your Attention and What Has He Done to Get It? In: Esquire, Oktober 1972
Introduction: Milan Kundera, Edard and God. In: American Poetry Review, März/April 1974
Introduction: Jiri Weil, Two Stories about Nazis and Jews. In: American Poetry Review, September/Oktober 1974
In Search of Kafka and Other Ans-

wers. In: New York Times Book Review, 15. Februar 1976

Oh, Ma, Let Me Join the National Guard. In: New York Times, 24. August 1988

I Couldn't Restrain Myself. In: New York Times Book Review, 21. Juni 1992

A Bit of Jewish Mischief. In: New York Times Book Review, 7. März 1993

Juice or Gravy? How I Met My Fate in a Cafeteria. In: New York Times Book Review, 18. September 1994

Just a Lively Boy. In: McQuade, Molly (Hg.): An Unsentimental Education. Writers and Chicago, Chicago 2005

The Story behind The Plot Against America. In: New York Times Book Review, 19. September 2004

I Got a Scheme! The Words of Saul Bellow. In: New Yorker, 25. April 2005

An Open Letter to Wikipedia. In: New Yorker Online, 7. September 2012

IV. Rezensionen

Rescue from Philosophy. In: New Republic, 10. Juni 1957 (Filmkritik Funny Face)

I Don't Want to Embarrass You. In: New Republic, 15. Juli 1957 (Fernsehkritik Person to Person)

I am Black Bu O My Soul … In: New Republic, 29. Juli 1957 (Filmkritik Island in the Sun]

The Hurdles of Satire. In: New Republic, 9. September 1957 (Fernsehkritik über Sid Caesar)

Coronation on Channel Two. In: New Republic, 23. September 1957 (Fernsehkritik über Miss-America-Wahl)

Photography Does Not A Movie Make. In: New Republic, 30. September 1957 (Filmkritik The Sun Also Rises)

Nymphs and Satyrs. In: New Republic, 14. Oktober 1957 (Filmkritiken Loven in the Afternoon und Will Success Spil Rock Hunter)

Films as Sociology. In: New Republic, 21. Oktober 1957 (Filmkritiken Something of Value und Hatful of Rain)

Our War of the Roses. In: New Republic, 11. November 1957 (Filmkritik Raintree County)

The Proper Study of Show Business. In: New Republic, 23. Dezember 1957 (Filmkritiken Pal Joey und Les Girls)

Adultery As a Moral Act. In: New Republic, 20. Januar 1958 (Filmkritik Wild Is the Wind)

The Playing Fields of Thailand. In: New Republic, 27. Januar 1958 (Filmkritik The Bridge on the River Kwai)

Another Shy At Hemingway. In: New Republic, 17. Februar 1958 (Filmkritik A Farewell to Arms)

Channel X: Two Plays on the Race Conflict. In: New York Review of Books, 28. Mai 1964 (Theaterkritiken über J. Baldwins Blues for Mr. Charlie und L. Jones' Dutchman)

Seasons of Discontent. In: New York Times Book Review, 7. November 1965 (Theaterkritiken über R. Burnsteins Seasons of Discontent)

V. Interviews (Auswahl)

Searles, Georges J. (Hg.): Conversations with Philip Roth. Jackson 1992

VI. Bibliographien (Auswahl)

Rodgers, Bernard F., Jr.: Philip Roth: A Bibliography. Metuchen 1984

Royal, Derek Parker (Hg.): Philip Roth: A Bibliography and Research Guide. Philip Roth Society, Texas A & M University-Commerce, 1. August 2004

VII. Sekundärliteratur (Auswahl)

Alvarez, Al: Risky Business. London 2007

Baumgarten, Murray / Barbara Gottfried: Understanding Philip Roth. Columbia 1990

Bloom, Claire: Leaving a Doll's House. A Memoir. London 1996

Bloom, Harold (Hg.): Philip Roth. New York 1986

– (Hg.): Philip Roth. Broomall 2003

– (Hg.): Philip Roth's Portnoy's Complaint. New York 2004

Broyard, Anatole: Rezension Portnoys Beschwerden. In: New Republic, 160, 1. März 1969, S. 21

Cooper, Alan: Philip Roth and the Jews. Albany 1996

Demetz, Peter: Mit Franz Kafka in den Straßen von Newark. In: Frankfurter Allgemeine Zeitung, 23. März 2002

Du – Zeitschrift der Kultur: Philip Roth. Amerika erfinden, Zürich, Oktober 2003 (740)

Gill, Brendan: The Unfinished Man. In: The New Yorker, 45, 8. März 1969, S. 118

Gooblar, David: The Major Phases of Philip Roth. New York 2011

Halio, Jay L: Philip Roth Revisited. New York 1992

– / Ben Siegel (Hg.): Turning Up the Flame. Philip Roth's Later Novels, Newark 2005

Howe, Irving: Philip Roth Reconsidered. In: Commentary 54, Dezember 1972

Jones, Judith Paterson / Guinevera A. Nance: Philip Roth. New York 1981

Kazin, Alfred: Up Against the Wall, Mama! In: New York Review of Books, 12, 27. Februar 1969, S. 3

Kleinschmidt, Hans. J.: The Angry Act: The Role of Aggression in Creativity. In: American Imago. A Psychoanalytic Journal For Culture, Science And The Arts, Bd. 24, Frühjahr / Sommer 1967, Nr. 1, 2

Lee, Hermione: Philip Roth. London 1982

Lehmann-Haupt, Christopher: A Portrait of the Artist as a Young Jew. In: New York Times, 18. Februar 1969, S. 43

McDaniel, John N.: The Fiction of Philip Roth. Haddonfield 1974

Medin, Daniel L.: Three Sons. Franz Kafka and the Fiction of J. M. Coetzee, Philip Roth, and W. G. Sebald. Evanston 2010

Milbauer, Asher Z. / Donald G. Watson (Hg.): Reading Philip Roth. New York 1988

Milowitz, Stephen: Philip Roth Considered: The Concentrationary Universe of the American Writer. New York 2000

Nadel, Ira B.: Critical Companion to Philip Roth: A Literary Reference to His Life and Work. New York 2011

Parrish, Timothy (Hg.): The Cambridge Companion to Philip Roth. Cambridge 2007

Pinsker, Sanford: Critical Essays on Philip Roth. Boston 1982

Posnock, Ross: Philip Roth's Rude Truth. The Art of Immaturity. Princeton 2006

Remnick, David: Into the Clear. In: New Yorker, 8. Mai 2000, S. 76 ff.

Rodgers, Bernard F., Jr.: Philip Roth, Boston 1978

Royal, Derek Parker (Hg.): Philip Roth. New Perspectives on an American Author. Westport 2005

Rudnytsky, Peter L.: Goodbye, Columbus: Roth's Portrait of the Narcissist as a Young Man. In: Twentieth Century Literature, 51, Frühjahr 2005

Shechner, Mark: Up Society's Ass, Copper: Rereading Philip Roth. Madison 2003

Shostak, Debra: Philip Roth – Countertexts, Counterlives. Columbia 2004

– (Hg.): Philip Roth. American Pastoral, The Human Stain, The Plot Against America. New York 2011

Syrkin, Marie: The Fun of Self-Abuse. In: Midstream, 15, April 1969, S. 64

VIII. Weiterführendes

Atlas, James: Bellow. A Biography. New York 2000

Cook, Richard M. (Hg.): Alfred Kazin's Journals. New Haven 2011

Cunningham, John T.: Newark. Newark 2002

Forgosh, Linda B.: Jews of Weequahic. Charleston 2008

Goldman, Albert: Ladies and Gentlemen – Lenny Bruce!! New York 1974

Grover, Warren: Nazis in Newark. New Brunswick 2003

Hills, Rust (Hg.): Writer's Choice. New York 1974

Howe, Irving: World of Our Fathers. The journey of the East European Jews to America and the life they found and made. London 2000

Klemesrud, Judy: Some Mothers Wonder What Portnoy Had to Complain About. In: New York Times, 31. März 1969

Kundera, Milan: Eine Begegnung. München 2011

Mayer, Musa: Night Studio. A Memoir of Philip Guston. New York 1988

McEwan, Ian: 1976. In: 21, London 1993

Mizener, Arthur: Bumblers in a World of Their Own. In: New York Times Book Review, 17. Juni 1962, S. 1

Solotaroff, Ted: First Loves: a memoir. New York 2003

Sorin, Gerald: Irving Howe. A Life of Passionate Dissent. New York 2002

Stern, Richard: One Person and Another. On Writers and Writing. Dallas 1993

Taylor, Benjamin (Hg.): Saul Bellow. Letters. New York 2010

Turner, Jean-Rae / Richard T. Koles / Charles F. Cummings: Newark. The Golden Age. Charleston 2003

NAMENREGISTER

Die kursiv gesetzten Zahlen verweisen auf die Abbildungen.

Ackerley, Joseph Randolph 87
Alvarez, Al 94
Amis, Martin 44
Anderson, Sherwood 32
Andrzejewski, Jerzy 102
Appelfeld, Aharon 120
Asher, Aaron 90
Auden, Wystan Hugh 95

Beckett, Samuel 91
Bellow, Saul 39 f., 43 f., 57 f., 87 f., 94, 137, 150, *137*
Ben-Gurion, David 73, *73*
Berman, Jeffrey 70
Bloom, Claire (2. Ehefrau) 71, 107, 109, 111, 116, 118–121, 123 ff., 131, *117*
Bloom, Harold 96
Borowski, Tadeusz 102
Bosworth, Patricia 125
Broyard, Anatole Paul 87
Bruce, Lenny 77 ff.
Bush, George Walker 137 f.

Camus, Albert 82, 110
Carson, John William, gen. Johnny 84
Capote, Truman 75
Cather, Willa 72
Céline, Louis-Ferdinand 87
Chaplin, Charlie 107
Clinton, William Jefferson, gen. Bill 135, 136
Conrad, Joseph 42, 111
Cooper, Alan 89 f.
Corman, Roger 63
Coughlin, Charles Edward 10, 138

Dante Alighieri 95
Darling, Lynn 130
Demetz, Peter 102, 150
Demjanjuk, John 120
Diaz, Junot 150
Dix, Otto 129
Dostojewskij, Fjodor Michailowitsch 54, 96

Dreiser, Theodore Herman Albert 72
Dylan, Bob 87

Eichmann, Adolf 39, 62
Eisenhower, Dwight David 34, 57, 66
Eliot, George 70
Ellison, Ralph 94
Ellmann, Richard David 56
Emerson, Ralph Waldo 43
Epstein, Benjamin 26

Faulkner, William 29, 41
Fiedler, Leslie Aaron 13, 46
Finkel, Bess s. u. Roth, Bess
Finkel, Philip (Großvater) 7
Flaubert, Gustave 44, 57
Foley, Martha 41
Ford, Gerald Rudolph, Jr. 106 f.
Ford, Henry 10
Frank, Anne 57 f., 61 f., 101, 109, 111 ff., 138
Franzen, Jonathan 151
Freud, Sigmund 70, 80, 87
Friedman, Bruce Jay 77
Fuchs, Daniel 38

Gaye, Marvin 83
Gill, Brendan 87
Ginsberg, Allen 26, 81
Goebbels, Joseph 61, 89
Göring, Hermann 138
Goldman, Albert 76–79, 81, 83 f.
Golden, Harry 62
Gombrowicz, Witold 102
Grover, Warren 11
Green, Martin 100
Guston, Philip 90 ff., 109, *91*

Havel, Václav 100
Heller, Joseph 77
Hemingway, Ernest 44
Herzberg, Max J. 25
Heß, Rudolf 12 f.
Hilberg, Raul 58
Hill, George Roy 82
Hitler, Adolf 11, 58, 138
Hobhouse, Janet 126
Hodgson, Godfrey 83
Hopper, Dennis 82
Howe, Irving 25, 38, 94 f., 100, 114

157

James, Henry 42, 57, 64, 110, 112
Jesus von Nazareth 59
Johnson, Lyndon Baines 75
Joyce, James 38, 42, 44, 87, 112
Jung, Carl Gustav 124

Kafka, Franz 28, 77, 91, 94–101, 106–112, 124, *95*
Kafka, Ottilie, gen. Ottla 101
Kazin, Alfred 58, 60, 88 f.
Kelly, Gene 83
Kennedy, John Fitzgerald 63, 73 f., 123, 137
Kennedy, Robert Francis 80
Kerouac, Jack 35
Kerry, John Forbes 138
King, Martin Luther 73 f., 80, 86
Kiš, Danilo 102, 114
Kitaj, R. B. 119
Kleinschmidt, Hans Joachim 66, 68–71, 113
Kleist, Heinrich von 71
Klíma, Ivan 100, 103
Konrád, György 102
Kundera, Milan 100, 102, 110, 150, *110*

Lee, Hermione 111, 123 f., 129
Lehmann-Haupt, Christopher 88
Levi, Primo 116
Levin, Meyer 38
Lewinsky, Monica Samille 135
Lewis, Sinclair 32
Liehm, Antonín 99
Lindbergh, Charles Augustus, Jr. 138 ff.
Litzky, Hannah 26
Lowell, Robert Traill Spence 56
Lyons, Leonard 84

Mailer, Norman 35, 74, 80
Malamud, Bernard 48, 88, 116
Mann, Thomas 57, 96, 112
Mansfield, Katherine 44
Manson, Charles Milles 83
Mark Twain 32
Martin, Mildred 36
Martinson Williams, Margaret (1. Ehefrau) 49–54, 63, 66–70, 71 f., 80, 95
May, Elaine 77

McCarthy, Eugene Joseph 80
McCarthy, Joseph Raymond 30 f., 34 f., 74
McEwan, Ian Russell 101
McGovern, George Stanley 104
Melville, Herman 42
Mencken, Henry Louis 10
Miller, Arthur 33 f., 39, 116
Miller, Henry 78
Milowitz, Steven 59
Mudge, Ann 75

Nabokov, Vladimir 78
Nadel, Ira Bruce 120
Nichols, Mike 77
Nixon, Richard Milhous 35, 63, 80, 86, 92 f., 99, 104, 106, 137, *105*
Ngo Dinh Diem 73

Obama, Barack *140*
Olivier, Laurence 116
Oswald, Lee Harvey 74
Ozick, Cynthia 57 f., 98

Passer, Ivan 99
Pincus, Robert 35
Plante, David 112
Pozorski, Aimee L. 62

Rabelais, François 87
Rahv, Philip 24, 79 f., 94
Reitlinger, Gerald 58
Remnick, David 92
Robinson, Henry Morton 29
Rodgers, Bernard F., Jr. 97
Roosevelt, Franklin Delano 7, 9, 11, 13, 16–19, 29, 31, 74, 138, *11*
Rosenberg, Harold 24
Roth, Bertha 16, 50
Roth, Bess (Mutter) 7 f., 15, 24, 89 f., 112, 118, 120, 123, 138, 140, *9*, *107*
Roth, Henry 38
Roth, Herman (Vater) 7 ff., 11, 13 ff., 17 f., 20 f., 23 f., 26 ff., 33, 48, 90, 120 f., 123 f., 138, 140, *9*, *106*
Roth, Milton (Onkel) 7
Roth, Sanford (Bruder) 8, 15, 17 f., 20, 29, 78, 118, 138 f., *9*, *15*
Roth, Sender (Großvater) 10, 16, 50
Rudnytsky, Peter L. 70

Saddam Hussein 137
Sahl, Mort 77
Salinger, Jerome David 44 f.
Saudková, Vera 101
Schapiro, Meyer 24
Scholem, Gershom 89
Schopenhauer, Arthur 32
Schlesinger, Arthur Meier, Jr. 139
Schlesinger, John 82
Schultz, Dutch 13
Schulz, Bruno 102
Seligson, David 57
Shakespeare, William 87, 127
Shechner, Mark 52
Shostak, Debra 101, 128
Simic, Charles 150
Solotaroff, Theodore 43 ff., 50 f., 66, 79
Sontag, Susan 102
Spanknoebel, Hans 13
Starbuck, George 41, 47
Stern, Richard 42, 116
Streicher, Julius 61, 89
Streisand, Barbra 84
Styron, William 102
Syrkin, Marie 89

Thich Quang Duc 73
Thoreau, Henry David 43, 82
Tolstoj, Lew Nikolajewitsch 57, 96
Treat, Robert 13
Trilling, Diana 86 ff.
Trilling, Lionel 54
Truman, Harry S. 29 f.
Tschechow, Anton Pawlowitsch 110
Tumin, Melvin 126, 134
Turris, John R. 16

Updike, John 35, 124 f., 150
Uris, Leon 62

Vaculík, Ludvík 100, 102
Vidal, Gore 89

Weiss, Jirí 99
Wheatcroft, Jack 36
Whitman, Walt 82
Wolfe, Thomas 29, 41

Zwillman, Abner «Longie» 13

ÜBER DEN AUTOR

Thomas David, geboren 1967 in Stadthagen. Studium der Anglistik und der Kunstgeschichte in Hamburg und London. 1995 bis 2000 Verfasser mehrerer Jugendsachbücher, seit 1995 freier Journalist für Zeitungen und Zeitschriften mit dem Schwerpunkt englische und amerikanische Literatur. Arbeit als Redakteur; Autor zahlreicher Rundfunk-Features, darunter Sendungen über Philip Roth, John Updike, Don DeLillo, Toni Morrison. Lebt mit Frau und Tochter in Hamburg.

QUELLENNACHWEIS DER ABBILDUNGEN

© Nancy Crampton, New York, All Rights Reserved: Umschlagvorderseite, 132

Getty Images, München: 1 und 3 (Premium Archives; Bernard Gotfryd), 67 (Time & Life Pictures; Carl Mydans), 77 (Time & Life Pictures; Bob Peterson), 85 (Time & Life Pictures; Bob Peterson), 91 (Premium Archive; Fred W. McDarrah), 95 (Time & Life Pictures; Bob Peterson), 117 (Time & Life Pictures; Ian Cook)

Library of Congress, Washington D.C.: 6, 122

Privatarchiv Philip Roth: 9, 15, 19, 28, 41, 73, 106, 107, 110, 137, Umschlagrückseite unten

ddp images, Hamburg: 11 (AP), 12 (AP), 56 (AP), 140 (AP/Pablo Martinez Monsivais)

Foto Thomas David: 14

From the Collections of the Newark Public Library, Newark, NY: 16/17, 26

Reproduced with permission from Special Collections/University Archives, Bertrand Library, Bucknell University, Lewisburg, PA: 32, 33, 36

Used by permission of Random House, Inc., New York. Any third party use of this material, outside of this publication, is prohibited. Interested parties must apply directly to Random House, Inc. for permission: 64, 87

ullstein bild, Berlin: 75, 105 (dpa)

Aus: Philip Roth: Shop Talk. Neuausg. Reinbek 2005: 92

© The Estate of R. B. Kitaj, courtesy Marlborough Gallery, New York: 119

Mit freundlicher Genehmigung von Houghton Mifflin Harcourt, Boston: 129

Olaf Blecker, Berlin: 139

Eve Arnold/Magnum/Agentur Focus, Hamburg: Umschlagrückseite oben